大丈夫。
そのつらい日々も
光になる。

中島 輝
Teru Nakashima

PHP研究所

まえがき

「なんのために生きているの？」

「こんな人生、続けていてどうなるの？」

そんな思いで頭がいっぱいになり、苦しくなったことはありますか？


私は小さい頃から「生きる意味」を探してきました。

五歳の頃、最愛の里親が、ある日突然私を置いて夜逃げをしたときから、私は人を信じることができなくなりました。


不安で、孤独で、でも「誰にも心を開かない」と固く心に誓って、表面上は「いい子」の顔をしながら、ひとりの世界に閉じこもっていた私は、小学四年生の頃から、双極性障害（躁うつ病）・パニック障害・統合失調症・強迫性障害・不安神経症・認知症・過呼吸・潰瘍《かいよう》性大腸炎・円形脱毛症・斜視などに苦しむようになりました。

二五歳で巨額の借金を背負うようになると、家から出られなくなりました。家の外に出るとパニック障害の発作が起こり、身動きがとれなくなってしまうからです。

「なんのために生きているの?」

生きていることがつらくなればなるほど、その答えを求めていました。

死んだほうが楽だと思って、何度も自殺未遂を繰り返しました。

私が尊敬しているオーストリアの精神科医、ヴィクトール・エミール・フランクルはこう言っています。

「絶望とは、もうすぐ新しい自分と新しい希望が生まれてくるという前兆である」

私は、絶望の底でもがきながら、少しずつ手探りで自分の行くべき道を探し、三五歳でようやく外に出られるようになりました。
その後、自分の経験が誰かの役に立つのなら、との思いから心理カウンセラーとなり、現在までに一万人以上のカウンセリングを行ってきました。

本書では、どうにもならない現実の中で、どうにかしようともがいていた私が、先の見えない真っ暗闇の中で、何を見つけ、何を手放したか、どのようにして「生きていてもいいいんだ」と思えるようになったのか、その過程を記させていただきました。

大切なのは、自分を受け入れること。そして、こだわりを手放すこと。

私の半生とともに、同じように、絶望の中を生きてきたクライアントの事例もいくつかご紹介しています。
仕事のプレッシャーや人間関係のストレスで自殺を試みた男性。一生懸命育てた子どもが自立して、家からいなくなった喪失感で重度のうつになったお母さん。いじめが原因で不登校になってしまった小学生。人間関係のもつれから三〇年以上引きこもり続けていた人。最愛の夫の自殺現場に遭遇してしまった女性など……。

クライアントのみなさんには、セッションを通して、自分自身を受け入れ、自分をしばり、苦しめていたものを手放してもらいました。

結果として九五％の方が、私が出会った頃の状態に戻ることなく、再生への道を力強く歩んでいます。


影があるから光がある。

みなさんの人生にも、「あのときは大変だったけれど、今となってはよかった」と思えることが必ずあると思います。

私自身、たくさんの絶望を味わってきました。

でも今は、その中でこそ、得られるものはたくさんあると思っています。

「なんのために生きているのか分からない」と苦しんだ日々があったからこそ、今は、生きる喜びを、誰よりも感じることができているのです。

もしみなさんが、孤独や不安や絶望を抱え、眠れない夜につらく苦しんでいたとしても、そんな日々は必ず終わりがやってきます。そして、その経験が光の種となって、大きな喜びと、明るい未来を作るでしょう。

本書を通して、私やクライアントの人生が触媒となり、みなさんが新しい自分を見つけ出すヒントとなれば幸いです。

つらく苦しい日々を送っている人が、希望を見つけ、「自分に生まれてよかった」と晴れやかな顔で明日を迎えられますように――。

そう心から願っています。

大丈夫。そのつらい日々はきっと光に変わるから。

出会いと出来事に感謝を込めて

中島　輝

大丈夫。そのつらい日々も光になる。 目次

第2章 自分を好きになれない

第3章 外に出るのが怖い

第4章 少しずつ前へ

第5章 進むべき道があるから

第1章

誰も信じられない

#「家族」がどういうものか、よくわからない

私には一般的な「家族」の体験がほとんどありません。

それは私が生まれ育った家の生活環境と関係があります。

私が生まれた家は古く、とても大きな家で、変わった間取りをしていました。我が家は代々酒蔵を営《いとな》んでいて、かつて杜氏《とうじ》さんや従業員さんが寝泊まりしていた建物を、自宅として使っていたからです。

ですから、帰宅するときは店舗の入口を通り、日常生活は事務所とつながっている居間で過ごします。トイレは居間の奥にあり、従業員さんと共用だったので、居間を人が行ったり来たり……。小学三年生になるまでは自分の部屋もなかったので、プラ

イバシーなどまったくない状態でした。

この家に住んでいたのは父・母・姉・私・住み込みの従業員。そして離れ家に曽祖父と曽祖母が暮らしていました。

物心がつく前から、自宅には毎日たくさんの人が出入りしていました。

私は幼い頃から、お茶をお出ししたり、ご挨拶をしたり、おもてなしをする側としてのふるまいをしつけられました。

平日は従業員さんが事務作業をしていたり、お客さんが訪れます。休日になると、従業員さんなど、商売に関わってくれている人の子どもたちと一緒に居間で過ごします。お昼になればチャーハンや焼きそばなど、一〇人前くらいをまとめて作り、子どもたちだけで一斉にご飯を食べるのですが、幼い頃から私の役目は、お手伝いさんと一緒に、子どもたちに昼食を用意してあげることでした。

お祭りや冠婚葬祭、選挙などのときにはたくさんの大人たちが集まる家でした。

日中は必ず家族以外の人が家にいたので、いわゆる家族の会話はありませんでした。

日が暮れて従業員さんやお客さんがいなくなっても、夜には接待営業などで取引先を回るために、父はいつも外出していて、家にいることは滅多《めった》にありませんでした。

母は従業員さんがいなくなってから、夜遅くまで後片づけや帳簿つけをしていました。当時はそろばんや電卓で伝票整理をしていたので、時間がかかるのです。だから、昼間とは違って、夜はいつも一人でご飯を食べていました。

両親と一緒にお風呂に入った記憶もありません。

「甘えてはいけない。お仕事の邪魔をしちゃいけない」

と私は息をひそめるように暮らしていました。わがままを言ったり、迷惑をかけたら、両親に嫌われる、と思い込んでいました。

幼稚園で遠足があるときも、「一緒に準備をしてほしい」と頼むことができなくて、自分で持ち物の用意をしていました。

本当はそれほど好きではなかったけれど、「焼きそばパンが大好き」と言って、お弁当づくりに母の手を煩《わずら》わせないようにしていました。

家族旅行なども、もちろん行ったことはありません。


このように父も母も忙しい毎日を過ごしていて、育児にまで手が回らなかったのでしょう。三歳上の姉は、自宅から車で一〇分くらいの距離にある、母の実家でおおむね生活していました。

私も四歳の頃から、自宅から車で一五分くらいのところにある、遠い親戚の家に預けられることになりました。

平日はその家に寝泊まりすることもあり、その親戚に里親として育てられました。だから、姉との交流もほとんどありませんでした。

昼も夜も、休む間もなく働いていた両親は、当時とても大変だったでしょうし、もっともっと自分の子どもに愛情を注ぎたかったはず、と今では思います。

でも、子どもだった私には、ただただ、寂しさしかありませんでした。

私は里親を親代わりとして、両親とは親子らしい交流がほとんどないままに育ちました。

そして、その里親さえ、なんの予告もなく、突然目の前からいなくなってしまいました。

それは、私が五歳のときでした。

わがままを言ったり、迷惑をかけたら、
嫌われる、と思い込んでいました。

本当の子どものように かわいがってくれた人

私のことを里親として育ててくれたご夫婦のことを、私は「パパ」「ママ」と呼んでいました。

「パパ」と「ママ」には実のお嬢さんがいましたが、私と年齢が一五歳も離れていて、すでに自立していたので、「パパ」と「ママ」は私のことを我が子のようにかわいがってくれました。

私は幼稚園から帰ると、すぐにその家に連れて行ってもらい、一緒にご飯を食べたり、そのまま泊まることもあって、本当の親子のように過ごしました。

「ママ」はすごく料理が上手で、納豆を豆から作ったり、蒸しパンやクッキーなど、なんでも自分で作っては、「はい、輝くん、できたよ」と言って真っ先に食べさせてくれました。

よく裁縫《さいほう》をしていて、テーブルの上にはスカートや着物などが大量に置いてありました。もしかしたら、洋服のお直しなどの内職をしていたのかもしれません。

「パパ」は会社勤めをしていて、毎日だいたい同じ時間に家に帰ってきます。

二人はほめ言葉をよく口にしていました。

三人でご飯を食べていると「おいしいな」、テレビを観ていても「この人は歌が上手だな」、人に会った後には「あの人は面白《おもしろ》いな」など、二人の口からはポジティブな言葉しか聞いたことがありませんでした。

自分の家では家業を中心に時間が回っていて、会話も礼儀作法や商売の話ばかりだったので、ごく普通の生活と、「パパ」と「ママ」が話すような、ごく一般的な家庭の会話が私にとっては新鮮でした。


家では、なんでも自分一人でできるように教え込まれていたので、両親に甘えるわけにはいきません。その分、「パパ」と「ママ」には思いきり甘えていました。

テレビでCMが流れるたびに「これ買って！」「あれ買って！」と、おもちゃだけでなく、洗濯機や車にいたるまで、あらゆる商品を「買って！」とおねだりしていました。

そんな私のわがままに、いつも「いいよ」と答えてくれていた二人。

実際に買ってもらえなくても「いいよ」と言ってもらうことで、二人が私を受け入れてくれている、ということを確認していたのだと思います。

「輝くん、よく来たね」

と笑顔で迎え入れてくれて、

「輝くんは何食べたい？」

と自分のために献立を考えてくれて、一緒にお風呂に入ってくれて、体を拭《ふ》いてくれて、洋服を着させてくれて……。そういう一つひとつの行為をたまらなく嬉しく思っていました。

中でも一番嬉しかったのは、「ママ」とスーパーに買い物に行ったときのことです。

買い物をしていると、「ママ」の知り合いの女性と出会いました。その女性は、私を見て、

「かわいいわねぇ」

と言ってくれました。すると、「ママ」は、

「でしょ！」

と自慢げに、はっきりと言ってくれました。

実の両親は「そんなことないですよ」「かわいげのない息子でして」「色白で女の子みたいでしょ」と言っていたので、自分はかわいげがないんだ、男の子なのに女の子みたいな変な子なんだ、と思い込んでいました。

両親は、商売を営んでいた手前、そのようにふるまっていたのだと今では思いますが、当時の私は言葉通りに受け取ってしまっていたのです。

だからこそ「ママ」がはっきりと肯定してくれたことが、涙が出るくらいに嬉しかったのを覚えています。

両親とは違い、自分だけを見てくれる二人に、心底安心しきっていました。二人がたくさんの愛情を与えてくれていることを十分すぎるほど感じていました。泊まりの日は、川の字になって手をつないで一緒に眠る。これも、とても幸せな瞬間でした。

でも、なぜだか分かりませんが、たまに寂しくなることがありました。この幸せな暮らしは、ずっと続くものではないということを、どこかで感じ取っていたのかもしれません。

自分のことを肯定してくれたことが、
涙が出るほど嬉しかった。

黙っていなくなった「パパ」と「ママ」

五歳のとき、里親の「パパ」と「ママ」が突然いなくなりました。

夏の暑い日。いつものように幼稚園から帰り、里親の家に行くと、家の前に人だかりができていました。嫌な予感がして、中を見てみると、家には何もかもなくなっています。私が読んでいた絵本も、遊んでいたおもちゃも……。

そのときの私はよく分かりませんでしたが、どうやら「パパ」が借金を作って、夜逃げしてしまったようでした。

今日も私が家に来ると知っていたはずなのに、何も言わずにいなくなってしまった……。

私は現実をうまく受け入れられずに、ただ立ち尽くしていました。

「どうしてパパとママは内緒でいなくなったの？」

「どうして一言も言ってくれなかったの？」

その瞬間、私は、「裏切られた」と感じました。


さらにショックだったのは、大好きだった周囲の大人たちが、大好きな「パパ」と「ママ」の悪口を言っていたことです。

「夜逃げなんかするような連中だったんだ」

「借金なんかしやがって」……。


そのときに思ったのです。

世界は敵だらけ。人は信用できない。頼りになるのは自分だけ。

もう弱さを人に見せない。自分のつらさを人に知られてたまるか。

そう決めた私は、感情を表に出すことをやめることにしました。

このときから、深い喪失感と絶望と孤独を抱え、長い長い間、暗闇の中をひとりでさまようこととなります。

もしも私が自分の両親に「どうしてパパとママの悪口を言うの?」とか、「寂しいよ、つらいよ、助けて」と素直に気持ちを言えたなら、両親は受け止めてくれたかもしれないし、その後の人生は変わっていたのかもしれません。

「寂しいよ」と言えたなら、その後の人生は変わっていたかもしれません。

「自分は存在しないほうが、みんな楽になるんじゃないか」

私が小学一年生の頃の出来事です。

母の実家で生活していた三歳年上の姉も、その日は自宅にいました。

二人で居間にいたのですが、突然、姉は正気を失ったかのように、

「わ～～～！」

と叫びながら部屋の中をぐるぐると走り回り始めました。

大声を聞いた母や従業員さんが部屋に駆けつけても、姉の奇行は止まりません。

慌《あわ》てふためく母を尻目に、「これは愛情不足だな」と冷静に観察している私がいました。


この出来事がきっかけで、姉は病院で精密検査を受けました。すると、姉の心臓に

小さな穴が空いていることが発覚しました。さらに衝撃的だったのは、
「あと三年しか生きられないかもしれない、もって二〇歳まで」
と姉に対して突然、死の宣告がなされたことです。

姉はそれから定期的に都内の大学病院に通うことになりました。長期休暇のたびに病院に入院することにもなりました。両親は姉を病院に連れて行ったり、お見舞いに行ったり、もっといい治療法を求めたりと、姉の命を守ることにかかりきりになりました。

そして、ますます仕事に打ち込むようになりました。姉を大学病院でしっかり療養させたい、最先端の治療を受けさせたい。そのためにはたくさんのお金が必要だったからです。

医学の進歩と献身的な両親のサポートのおかげで、成長とともに姉の心臓の穴も徐々にふさがりました。大人になった今、姉は持病を抱えながらも元気に暮らし、困

った人の役に立つようにと、対人援助を生きがいに明るく過ごしています。

ただ小学生の私は、まったく事情が分からず「僕は愛されていないんだ。この世に存在しないほうが、みんなが楽になるんじゃないか」と、ますます孤独感を募《つの》らせていったのです。

事情の分からない私は、
ひとりで孤独感を募らせていました。

夕暮れ時は、不安が津波のように襲ってくる

私が漠然《ばくぜん》とした不安を感じ始めたのは小学校中学年の頃からでした。

夕暮れ時、日が落ちて空が暗くなり始めると、理由も分からずに心がざわつき、数分後、不安感に襲われます。日が沈むにつれて、いてもたってもいられない感じになり、体中がくらくらしてきます。

次第に心も冷たくなって、どうしようもない寂しさとむなしさがやってきます。日が暮れてあたりが闇に変わる瞬間は恐怖感がピークに達します。漠然と、

「数分後に何かが起こるのではないか？　もう戻ってこられないのではないか？」

という感覚に襲われるのです。

この頃、私は同じような悪夢を何度も繰り返し見ていました。

その夢は、真っ暗闇の中、目の前に階段が上へと延びていて、五〇メートルくらい先に光の扉が見えます。私はいつもその扉に向かって一段ずつ駆け上るのですが、いつもあと少しで扉にたどり着くというところで、急に足を何者かにつかまれて、そのまま漆黒《しっこく》の闇に引きずり込まれる、というものでした。

夜になって、あたりが完全に暗くなると、漠然とした不安は徐々に薄れていき、一時間もすれば不安はまったくなくなっているのですが、また次の日も、夕暮れ時になると、同じように不安に襲われていました。

この頃、私の唯一の救いは、愛犬のムクでした。ムクは柴犬で、私が九歳のときに生後半年で我が家にやってきて、一五年もの間、そばにいてくれました。

当時、不安でどうしようもなくなると、ムクを散歩に連れ出しました。

リードをつけないで散歩をするのですが、ムクは私の少し前を歩き、私と距離が開き出すと後ろを振り返り、私が追いつくのを待っていてくれます。そして、私が走ると、ムクも走り出します。

漠然とした不安が募る中、散歩に連れ出して、ムクが私のペースに合わせてくれることを確認しては、自分を安心させていました。

数分後の未来を考えると不安になるので、なるべく違うことに意識を向けようと思い、ムクに向かって大声で歌を歌ったり、学校で起こった出来事を一生懸命に話し続けたりしていました。

とにかく気を紛《まぎ》らわせることに必死でした。すると、いつの間にか症状は薄れていきました。

大人になって、夕暮れ時の不安がまた大きな津波のように押し寄せてきたことがあります。そのときの不安はすさまじく、耐えきれなくなって卒倒してしまうこともありました。

そのときは、ただひたすらに仕事に集中して、不安をかき消そうとしていました。

仕事で気を紛らわせ続けていると、不安感はいつの間にか薄れていることに気づきました。

「良くしようとがんばるよりも、気を紛らわせながら、時間の経過をただ待つだけ」が結果として、一番早い解決策となり得ることだってあるのです。

「誰にも弱さを見せない」と決めた私は、こうやって一つひとつ、自分なりの解決策を手探りで見出していくしかありませんでした。

とにかく気を紛らわせていると、
いつの間にか症状は薄れていきました。

自分が誰なのかが分からない

唯一心を許せた人たちを、ある日突然失うという経験をした私は、人を信じることができなくなり、感情を押し殺して生きてきました。

そして、すべての物事を斜めから見るようになり、周囲の人を冷めた目で見るようになっていきました。

表面的にはいい子のふりをして、心の中では周囲をみんな恨んでいました。

一方で、心の奥底ではこの世界で自分が一人になってしまうことを恐れてもいました。

いつも空虚で、心にぽっかりと空いた穴は埋まらず、小学校二、三年生の頃には、「なんのために生きているの？」「果たしてこの人生に生きる価値はあるの？」「生きるってこんなに苦しいものなの？」と思い始めていました。

小学四年生の頃、自転車で家に帰る途中の出来事です。

突然、目の前の道が何本にも見え、道が空中に浮いているような感覚になりました。

「あれ？　おかしいな。頭がくらくらする」――意識が遠ざかっていく中で、突然「プー‼」と大きな音が聞こえ、ハッと我に返りました。後ろから車がクラクションを鳴らし続けていたのです。

気がつくと私は道路の真ん中を自転車で走っていました。

「なんだこれ！　おかしい！」。周りの景色が四重にも五重にも重なって見えて、感じたことのない恐怖に襲われ、それから目の前が真っ暗になりました。何も見えず、次第に音も聞こえなくなっていきます。体も冷たくなり、感覚も鈍くなっていきます。自分が消滅していくような感じがしました。

急いで人気のないところに行って自転車を降り、その場にしゃがみ込むと、体中がくらくらして、宙に浮いている感じがします。

「私は誰？」――自分が誰なのか分からなくなってきます。

「ここはどこ？」――日本にいるはずなのに、映画で見たようなヨーロッパの風景が突然見えてきます。

どこからともなく、

「怖いよ。痛いよ」

という、聞いたこともない女の人の声も聞こえてきます。何がなんだか分からなくなり、とてつもない不安に襲われました。

今思えば、このときから幻聴や幻覚など、統合失調症のような症状が出始めていたのでしょう。


自分で自分が分からなくなり、足の付け根を思いっきりつねりました。痛みを感じ、ハッとしました。何度も何度も足の付け根をつねり続けて、恐怖の中から必死で自分を手繰《たぐ》り寄せます。

「私は誰？　――ナカシマテル」

「ここはどこ？　――ここは日本。僕は家に帰ろうとしている」

「僕は日本で生まれ、家に帰ろうとしている、ナカシマテル」

そう心の中で必死に唱えると、少しずつ気持ちが落ち着き、自分のことも、今いるところも、帰る家の場所もやっと思い出しました。そうだ、僕は今から帰るんだと。

このときの足の付け根の青あざは、高校時代まで消えることはありませんでした。


この症状は、中学に入るといったん軽くなったものの、二五歳からまた症状が悪化し、三〇代半ばまで続きました。


私は、自分ひとりで生きていこうと、がむしゃらにがんばっていました。

それは、苦しくて、切なくて、むなしい日々でした。自分がどこに向かっているのか分からなかったからです。

大人になった今なら分かります。それは、「真っ暗闇の中でがんばらなくていい」

ということ。

「私は○○のために生きている」と思えるような目標がある人はがんばればいい。その目標が光となって、自分を強くしてくれるから。

でも、生きる目標が見つからない人や、見失ってしまった人がするべきなのは、「がんばらないことをがんばる」のだということ。

真っ暗闇の中でがんばっても、自分を見失うだけだからです。

私は、「頼れるのは自分ひとりだけ。がんばらなければ」と自分を追い詰めてしまいました。

でも、このときの私に必要だったのは、本当はどうしたいのか、自分で自分の本当の気持ちと向き合うことだったように思います。

本当はどうしたいのか、自分と向き合わなければ、出口は見えてこない。

「寒い」「苦しい」と木が話しかけてくる

小学四年生の頃から、幻聴や幻覚がさかんに現れるようになりました。

私は小学三年生の頃には自室を与えられ、二階に一人で寝ていました。自宅は木造の古い家で、ベッドの上で仰向《あおむ》けになると天井の木目が目に入ります。

その模様を見ながら、

「ここは目で、ここは口。顔みたいだなあ」

とぼんやりと思っていると、急に自分が目だと思っていた部分が立体的に浮き出てきます。さっきまで木の模様だったはずなのに、今目の前で浮き出ているのは明らかに人間の目です。「なんだこれ!?」と目をつぶって、恐る恐るもう一度天井を見てみると、人間の目はなくなり、いつも通りの天井がそこにはあるのです。

この日を境に、幻聴・幻覚がさかんに起こるようになりました。

自室の天井を見ながら、「これは目だな」と思うと目が飛び出てきて、「この模様はトラみたい」と思うとリアルなトラが浮かび上がって動き出します。

飛び出てくる人も動物も、みんな日本語で話しかけてくるのです。

彼らと話しているうちに、右手の先から魂が抜け出して、天井まで行くと、上から寝ている自分を見る、幽体離脱のような感覚になることもありました。

外を歩いていると、木が「寒いよ」「苦しいよ」と話しかけてくることもありました。

初めはびっくりしたこれらの出来事も、自分にとってはだんだんと当たり前になっていきました。

ただ、こうした体験を他の人には話さないほうがいいことはなんとなく感じていました。

こんなことを言ったら、ますます変な子どもだと思われる。きっと誰も理解してくれない、と思い込み、家族をはじめ、誰にも打ち明けることはありませんでした。

誰にも言えないので、誰も自分の苦しみは分かってくれません。それが積み重なると、「誰にも言えない」は「どうせ誰も分かってくれない」に変化して、ますます孤独を感じるようになっていきました。

そうして、分かってくれない周囲に対して、常に怒りを感じていました。

何か気に入らないことがあると、内心では腹を立てていました。

でも、いつも無表情で我慢していたので、周りは気がつかなかったと思います。感情表現をせず、感情に蓋《ふた》をすることで怒りをやり過ごそうとしていました。

「人は信頼できない。誰も分かってくれない」――そう思いながら、これ以上孤独と不安を味わいたくなくて、人から嫌われることを極端に恐れ、異常なほど気を遣っていました。

たとえばトイレに行きたくなっても、「自分がトイレに入っている間に、誰かがトイレを使いたくなるかもしれない。邪魔しちゃいけない」と思い、誰かが家にいるときはトイレに入れなくなっていました。

お風呂も、大きな音がしないように気をつけながら、みんなが寝静まった真夜中に入っていました。

自室は二階だったので、一階にいる人たちの迷惑にならないように、移動するときは、いつも足音を立てないように移動していました。

それくらい、気を遣って生活していたので、自室にこもり、ヘッドホンをつけて大きな音でラジオや音楽を聴いているときは、何もかも忘れられる幸せな時間でした。

それでも日々消耗し、小学五年生のときには無気力状態に陥ってしまいました。

人との関わりを避け、心を許せる友だちもなく、家か図書館に閉じこもるようになっていました。

そんな中、毎日の閉塞感を打ち破ってくれたのが「アメリカ留学」という目標でした。日本では生きていけないけれど、自由なアメリカならこんな自分でも受け入れてくれるかもしれない！　この目標のおかげで人生に希望を見出すことができました。

この希望が私にとって大きな救いになったのか、徐々に、幻聴が聞こえたり幻覚が見えたりする頻度《ひんど》が減っていきました。

幻聴も幻覚も人に打ち明けず、「誰も自分の苦しみを分かってくれない」と腹を立てていました。

この世界を捨てて、どこかへ行きたい

私が住んでいた地域は当時田舎町で、田舎町特有の閉塞感《へいそくかん》がとても嫌でした。誰も信用できないから、自分という人間を誰にもさらけ出したくないし、もし自分を出したとしても、どうせ誰にも理解されないだろうと思っていました。

小学生の頃から、ラジオを聴いたり、音楽を聴いたり、どんどんひとりの世界に入り込んでいきました。

当時、米軍放送のラジオを聴き、音楽はアメリカのロック・ミュージックを聴いていたのは、どこか開放的な海外への憧れがあったのだと思います。

その頃定期購読していた『小学六年生』という雑誌を読んでいると、ページの隅《すみ》っこのほうに「海外留学」という広告が載っているのに目がとまりました。

「これだ！」と思いました。

田舎は近所の人も顔見知りだし、噂もすぐに広まります。「一度失敗したらもう終わり」のようなものです。そんな世界を抜け出して、海外に行けば「何度でもやり直せる」かもしれない。海外に対して、夢や希望を漠然と抱いていた私は、そう思いました。

小学六年生の私は、自宅から電車を乗り継ぐこと三時間。渋谷にある海外留学の広告を出していた事務所の説明会にひとりで行きました。その後も、何度も通って「期間はどのくらいか」「どこで生活するのか」などの説明を聞きながら、知識を深めていきました。

説明を聞くにつれて分かってきたことは、とてもお金がかかるということでした。

当時の私は誰かを頼る、特に親に甘えるということは許されないことだと思っていたので、親のお金を頼りにするわけにはいきません。でも、小学生の自分には、高額な留学費用を払うことなどもちろんできません。

なんとしても海外に留学したい、早くこの町を出たい、そう思った私が葛藤《かっとう》の末に出した結論は、「高校は公立の進学校に行き、休学して海外に留学しよう」というものでした。私立の高校は授業料が高いため、親に迷惑をかける。だから海外留学をするには、なんとしても公立の進学校に行かなければ、と思ったのです。まずは目標を達成して、そのうえで親にお金を借りよう、ひとりで勝手にそう思っていました。

私は親の印鑑を勝手に持ち出して、留学の手続きを進めていきました。しかし当然、最後はどうしても親の承認が必要になったため、初めて留学をしたいということを両親に伝えました。両親にとってみれば、突然の中し出に驚いたはずです。それでも、反対はしませんでした。

これは後になって聞いた話ですが、姉の看病と仕事にかかりきりで何もしてあげられない負い目から反対しなかったようです。

中学三年生になると留学先でのホームステイ先も決まって、ホストファミリーとのやりとりもし始めていました。進学校に合格するために受験勉強もがんばりました。そのかいあって、受験本番での手応《てごた》えは良好で、受験が終わったときには「受かった！」と思ったのです。

そして、合格発表の日。これで留学できる！　と心を弾ませながら掲示板を見ると、「……ない。うそだろ……!?」――いくら探しても自分の番号がありません。結果は不合格だったのです。

親は私立の高校に進学しても、留学費用は出すと言ってくれていました。でも、私立に進学したら余計にお金がかかるし、これ以上親に甘えるのは絶対に嫌だと思っていました。「公立に合格できなかった自分は、もうアメリカには行けない」とひとりで絶望していました。

結果、私がアメリカ留学を果たすことはありませんでした。

のちに、人生が何もかもうまくいかないと絶望するようになると、何度もこの出来事を思い出しては、「あのときにアメリカに留学していれば、こんな人生にならなかったかもしれない」と後悔しました。

当時の私にとって「留学」は一番やりたいことでした。

それなのに、「親には甘えたくない」という、自分で勝手に決めたルールのせいで、そのチャンスを逃してしまった……。

受験に失敗したこと。お金のかかる私立に進学することになって、親に借りを作ったような気持ちになったこと。それらのことが重なって、私はますます自分を責めるようになりました。

円形脱毛症の症状が出始めたのも、この頃のことです。

ひとりよがりな思い込みで、希望の道を手放してしまいました。

私が一万人以上の方のカウンセリングを行った中で、印象に残っている事例をご紹介します〈個人が特定できないよう、脚色してあります〉。

カウンセリング事例　1

家族や親戚の意見に振り回された、不登校のNくん

小学四年生のNくんは、いじめが原因で不登校になってしまいました。自信がなくて、人の顔色を常に窺《うかが》っているような男の子でした。

Nくんは、カウンセリングをした直後は前向きになってくれるのですが、後日会うと元の自信のない状態に戻っています。よく話を聴くと、Nくんのお父さんは「男の子なんだから学校には行きなさい！」と言い、お母さんは「大丈夫だからね、無理しなくていいからね」と言い、一緒に住んでいるおじいちゃんは「お前の好きなように

やってごらん」と言っているようです。ばらばらの意見を、それぞれがNくんに言っている状態で、家族や親戚に振り回されているようでした。

これではNくんがどうしたらいいのか分からず、自信が持てなくなってしまうのは無理もありません。そこで、ある年のお正月、Nくんの両親にお願いして、親戚一同に集まってもらうことにしました。

そこで、親戚のみなさんへ、私からNくんの状況をそのままお伝えしました。

「Nくんはいじめが原因で不登校になって、常に人の顔色を窺いながら生活している状態です。Nくんをいじめた人がいるのは事実ですが、いじめる人を変えようとするのは不可能です。ですから、我々が考えるべきことは、Nくんがどんな状況下においても、自分でしっかり生きていける人間に育つようにサポートすることです。今、Nくんや Nくんのご両親と面談を重ね、解決に向かって努力しています。親戚のみなさんは、どうかあまり口を挟《はさ》まず、Nくんの家族を承認し、肯定してあげてください。『がんばってるね。応援しているよ』の言葉だけで十分に彼らの支えになります。みなさん、応援よろしくお願いします」

私がやりたかったことは、みんなが一つの目的に向かって、同じ方向を見るようにしたかったということ。みんながNくんのことを思っているのは事実です。ただ、周りからいろんな意見を言われる環境と、みんなが一つの方向に向かって進んでいる環境では安心感がまるで違ってくるのです。

その後、Nくんの回復スピードは一気に加速しました。

それ以来、お正月やお盆など、家族や親戚が集まりやすいタイミングには、こうした大人数を巻き込んでクライアントさんをサポートしていく体制を作ることが多くなりました。

カウンセラーはあまりこんなことをしないのだろうとは思いますが、私自身、家から一歩も出られなかった時期にこう言ってくれる人がいたら、どんなに心強かっただろうと思うと、「私にできることはやらないと」と思うのです。

そして、そんな体験をしてきたからこそ、クライアントさんの家族も親戚の方も、私を信じて付き合ってくださるのかもしれません。

自分の外見に自信が持てず、リストカットを繰り返すYくん

Yくんはスポーツ万能で顔立ちの整った高校二年生の男の子。でも、なぜか自分に自信が持てなくて、一年ほど前から登校拒否を繰り返していました。他人に自分の顔を見られないように、いつもマスクをしていて、「整形したい」と口癖のように言っていました。リストカットもすでに三回していました。

ある日、Yくんは「自分は醜《みにく》いから、きれいになりたい」と言って、すね毛、脇毛、胸毛、腕毛を自分で剃《そ》ってしまいました。「ひげの永久脱毛をしたい」とも言っていました。

「先生、間違わないでくれよな。おれは女が好きだからな。でも、きれいになりたいんだ」

一方、Ｙくんのお母さんはいつもイライラしていて、「うちにはお金がないから」と口癖のように言っていました。「あの家は○○だけど、うちは××だからどうしようもないの」といつも他人と比べて嘆《なげ》いていたそうです。いつも自己否定を繰り返す母親のそばで、Ｙくんはどうしようもなく無力感を感じてしまったのでしょう。

Ｙくんの自宅は散乱していて空気が淀《よど》んでいます。この部屋にいるだけで気持ちがふさぎ込んでいきそうなほどでした。

これは環境を変えるしかないと思って、私はお母さんとＹくんと一緒に掃除をすることにしました。

お母さんは掃除が苦手なようなので、雑巾《ぞうきん》のかけ方から一緒に練習しました。そうやって少しずつ家をきれいにしながら、模様替えもしていきました。

「お母さん、この部屋のカーテンは黒でしょ。カーテンの色が暗いと、家にいる人の気持ちも暗くなってしまうんですよ」

と、色が人間に与える影響を伝えながら、

「お金がないのは分かるけど、Yくんのために、明るい色のカーテンに替えましょう」

とお願いしました。カーペットやソファなども明るい色に替えていきました。

お母さんは自分を否定することばかりに目が行ってしまい、今の生活を気持ちいいものにしようと思えなかったのです。自分を大切にできていなかったのでしょう。

部屋が明るくきれいになるにつれて、お母さん自身も明るくきれいになっていき、

「先生、やっぱりきれいになると気持ちがいいわよね」

とお母さんのイライラも減っていきました。

対話だけでなく、一緒にお掃除することでできるカウンセリングもあるのです。

部屋が明るくなって、お母さんも明るくなったら、Yくんの表情も明るくなってきました。そして、Yくんは半年ぶりに学校に行きました。それも、マスクを外してです。自信がついてきたYくんは脇毛も剃らなくなって、部活にも入り、楽しく学校に通うようになったそうです。

第2章

自分を好きになれない

ゴルフボール大の円形脱毛症になる

円形脱毛症にもっとも悩まされたのは、高校生の頃でした。

朝、学校に行く前に、シャンプーをしようと目を閉じて下を向きます。そうすると、目の前が真っ暗になると同時に、猛烈に両親や生育環境、今の環境に対して怒りが湧《わ》いてきました。

日頃、自分の内に秘めていた「こうなってしまったのは○○のせいだ」というマイナスの感情が、目を閉じて下を向くという行為が引き金となって、一気に湧き上がってきたのです。

「うわー！」

と頭を掻《か》きむしると、髪の毛がごそっと抜け落ちました。

下を見ると、尋常ではない量の髪の毛がタイルの上に落ちています。

恐る恐る頭を触ってみると、つむじから5センチ下あたりの髪の毛が抜け落ち、頭皮がむき出しになっている感触がありました。

ゴルフボール大の円形脱毛症になってしまったのです。

その瞬間、さーっと血の気が引いて「この姿を人に見られたくない……」と思いました。

それから円形脱毛症を隠すために髪を伸ばし始めました。

いつも「誰かに見られているんじゃないか」と後方が気になって仕方がありませんでした。恥ずかしくて美容院にも行けなくなりました。

一番苦しかったのは、また違う箇所にも円形脱毛症が起きるんじゃないかというストレスです。

「さらに円形脱毛症が広がったらどうしよう。このまま抜け落ちた箇所から生えてこなかったらどうしよう」

「そんなことを考えたら、ストレスでさらに抜けてしまう。考えちゃダメだ！」

——考えないようにすればするほど考えてしまい、ストレスが増える。完全に悪循環に陥っていました。

そんな状況の中、円形脱毛症で髪の毛が抜け落ちた部分が他の頭皮と比べて、カサカサしていることに気がつきました。

「もしかしたら、血流が悪いのかもしれない」と思い、血流を良くするために一日に何度も保湿クリームを塗って、暇《ひま》さえあれば指でトントンと叩いていました。ストレスを感じると、円形脱毛症になった部分の頭皮がチクチクするように感じて、そのたびに保湿クリームをたっぷり塗ってトントンと叩いていました。

そんなことを続けていると、一ヶ月ほどで抜け落ちた箇所から髪の毛が生えてきていることに気がつきました。

その後も定期的に円形脱毛症は発症しましたが、「保湿クリームを塗って、軽く叩くことを繰り返せば、髪は生えてくる」と確信して、

「円形脱毛症になっても大丈夫。すぐに生えてくる」と思えるようになりました。これは完全に自己流なので、医学的な根拠があったわけではないのですが、気持ちの切り替えがうまくなるにつれて、円形脱毛症になる周期も延びていきました。

これは円形脱毛症に限らず、統合失調症、不安神経症など、体験したすべての病気に言えることですが、「ある日、突然症状が完治する」ということはありませんでした。

どの症状も「少しずつ周期が延びていく。発症しても症状が軽くなっていく」という段階を経て、やがて完治する。もしくは、完治はせずとも生活に支障がない程度まで回復していきました。

この改善に向かうプロセスの中で大切だったと感じるのは、「また起こっても大丈夫」という感覚を自分の中で持つことでした。

どれもつらく苦しい病気だったので、「再発したらどうしよう。悪化したらどうしよう。治らなかったらどうしよう」と、いつも不安と恐れを感じていました。

しかし、大切なのは「病気を恐れるのではなく、病気と向き合う努力をすること」でした。悪化していないのに、「悪化したらどうしよう」と、不安や恐れを感じても状況は何も変わりません。「今できることはなんだろうか？」と試行錯誤することで改善の糸口が見つかったのです。

「また起こっても大丈夫」、そう思えるようになると、自然と意識しないようになり、しばらくしてから症状が改善されていることにふと気がつくのです。

「また起こっても大丈夫」と思えるようになったら、症状は改善していきました。

雨の日の前夜は、制服を着て布団に入る

第一志望の高校受験に失敗し、「アメリカ留学」を諦《あきら》めた私は、お金がかかる私立の高校に行くことになりました。両親に頼って高校に行くのは、借りを作るような気がして引け目を感じており、いつも自分を責めていました。

円形脱毛症と同じくらいのタイミングで躁うつ病（双極性障害）もだんだんと出始め、動くのが億劫《おっくう》なときと、動きたい衝動に駆《か》られるときの差が激しくなっていきました。

特にうつは天候に大きく左右されました。

雨が降ると、傘を持っていかないといけない。傘をささないといけない。でも、傘をさしても雨に濡れることがある。そう考えるだけで、すべてが面倒になり、動けな

くなって学校を休んでしまうのです。

そして、休むと決めたのは自分のくせに、これくらいのことで休んでしまう自分に対して、情けなく感じて落ち込んでいました。

そして、学校が終わって生徒たちが帰宅する時間になると、罪悪感が徐々になくなり、元気を取り戻す。これがいつものパターンでした。

雨の日は休んで、季節の変わり目も休んで、なんとなく気分が乗らない日や修学旅行も休む。学年が上がるにつれて欠席の頻度は増していき、高校三年生のときには、このままでは学校を退学させられてしまうところまできていました。

家では「すべてのことは自己責任」という教えだったので、父は私が高校を卒業できないかもしれないという危機に陥っていることを知っても、

「自己責任で、出席日数の計算をして行きなさい」

の一言だけ。その対応に腹が立ち「絶対に卒業してやる！」と心に誓いました。

単位を計算すると、どうやら雨の日も学校に行かなければ、出席日数が足りなくな

りそうでした。

だから、寝る前に天気予報をチェックし、次の日の朝が雨になりそうなときには制服を着て寝ていました。

翌朝起きれば「動きたくない」と思うのですが、すでに制服を着てしまっています。休むにしても制服を脱ぐのも面倒で、イヤイヤながらも学校に行くことができました。

学校に行ってしまえば、気分も変わりますし、途中で帰るのも面倒なので最後まで授業を受けることができました。


そんなこんなで、あと三日休んだら退学というギリギリのところで卒業することができました。卒業の日は、「これで学校に行かなくて済む、いちいち出席日数を気にしないで済む」という解放感で、卒業式のことはほとんど覚えていません。

うつ病の人に限らず、「あとでいいや」と先延ばしがくせになっている人はいると思います。

先延ばしを防ぐポイントは「少しだけやる」ことです。人の意識として、一歩目の心理的ハードルが一番高く、それを越えると二歩目、三歩目とすんなり動けるそうです。

一ヶ所だけ掃除をしたら、他も気になり出して、気がついたら全部掃除をしていた、というような経験は誰にでもあるかと思います。

私の場合は、家さえ出てしまえばなんとかなる。だから、前日に「着替え」を少しだけやっておくことで、朝起きたときのハードルを低くしていたのです。

「少しだけやっておく」ことで、行きたくない気持ちを和《やわ》らげていました。

面接で一〇〇社以上の会社に落とされる

一浪して東京の大学へ進学し、大学三年生で就職活動を始めた私は迷っていました。

「将来的に家業を継がなければならないことは分かっているけど、自分のやりたいこともある。どんな進路に進めばいいんだろう？」

私の希望は、映画配給会社に就職することでした。

海外の映画祭に参加して、まだ日本で上映されていない映画のライセンス契約を結んで、日本の映画館で上映する、そんな仕事をしたいと思っていました。しかし、私が就職活動をしていた時期はバブル経済の崩壊した直後で、どの映画配給会社も新卒募集をしていませんでした。

それでも十数社の映画配給会社に履歴書を出したのですが、

「中途採用の機会をお待ちください」

とか、

「社会人経験のない方は受け付けておりません」

という返事で、面接に行くことすらできませんでした。


希望の進路を断たれた私はどうすればいいのか分かりませんでした。

「どこに進んだらいいか分からないなら、いったんすべて受けてみよう」

と思い、すべての業界を受けてみることにしました。

業界一覧表を見ながら、その業界の中で興味がある会社を片っ端から受けていく。業界のことを調べる時間や、たくさんの履歴書を書く時間が必要なので、毎晩二四時間営業のレストランで作業をしていました。

そんな不摂生な生活をしていたため、だんだんと体は痩せていき、栄養失調と帯《たい》状《じょう》疱疹《ほうしん》になりました。週三回くらいは、栄養をとるための注射を打ちに病院に行き、フラフラになりながら就職活動をしていました。

どの会社の選考もあと少しというところまでは進んでいましたが、最後の面接でいつも落とされていました。

思えば、「この会社に入りたい！」という強い思いもなく、行き当たりばったりで受けているのですから、落とされて当然です。しかし、何十社から「不合格」の通知をもらい続けると、自分の存在を否定されているような気持ちになって、自分への自信がなくなっていきました。

自信がなくなると、「どこの会社に入りたいのか？」がますます分からなくなり、結果としてまた不合格通知が来るという負の連鎖《れんさ》に陥っていきました。

この頃は、自分の中で確固たるものがなかったこともあり、当時は非常に苦しみました。飲料メーカーなら家業のコネで入社することもできたのかもしれません。でも、それは「親に頼ること」だと思っていたので、絶対にしたくありませんでした。

結局、一〇〇社以上の面接を受け、唯一小さな商社から内定をもらえました。

内定をもらえたこと自体は嬉しかったのですが、あんなに苦労したにもかかわらず、内定をもらってから数日後、電車に乗っていて、ほとんどの会社員がつまらなそうな顔をして疲れきっている姿を目にしたら、まだ始まってもいないのに、会社員になることが耐えきれなくなり、内定を辞退してしまいました。

「不合格」の通知を受け、自分の存在を否定されているような気持ちになりました。

なんのために生きているのか分からない日々

一〇〇社以上受けてやっと受かった会社の内定を辞退してしまった私は、就職活動をやめて、手当たり次第さまざまなアルバイトを体験することにしました。

飲食店は、和食・フレンチ・エスニック・中華・ファミリーレストラン・居酒屋・バーなどあらゆる業態を片っ端から経験し、営業では、法人営業・飛び込み営業・テレフォンアポインターをやってみたりもしました。

他には、工事現場での力仕事や夜間の警備、舞台装置を作ったこともあれば、チケットのもぎりをしていたことも。

就職活動を終えてから実家に帰るまでの約二年半で三〇種類以上のアルバイトを経験しました。

働くこと自体は楽しかったのですが、精神的にはギリギリの状態でした。就職活動で一〇〇社以上の会社から落とされ続けると、「ダメ人間」のレッテルを貼られたような気持ちになり、自信を失っていました。

空白の時間ができると嫌なことばかり考えてしまうので、時間を潰《つぶ》すためにパチンコ店に行くようになりました。半年もするとパチンコ依存症になり、毎日パチンコ店に行っては、一発当てないと帰れないようになりました。

なかなか当たらずにお金が尽きると、当たるまで何度でもキャッシングをしました。そして、たまに大当たりをしたときに、借金を返済しに行く――その繰り返しでした。

その頃私は、

「パチンコで当たりが出るまで帰らない」

と決めていました。そしてもう一つ、一日も欠かさずしていたことは、

「パチンコ店を出る前に、お店に置かれているすべてのパチンコ台を確認してからお店を出る」

ということです。

「もしかすると、このパチンコ店にもう二度と戻ってこれないかもしれない」という漠然とした不安からの行動でした。

この頃から希死念慮《きしねんりよ》（＝死ななければならないと思うこと）が始まっていたのです。

レストランや定食店にもだんだんと行けなくなっていきました。不安神経症からくる不安感に襲われ、料理が出てくるまでに時間がかかると、その時間が耐えきれず、ふるえやめまい、吐き気に襲われてお店にいられなくなるのです。

同じように待ち時間のある歯医者にも美容院にも行けなくなっていました。

ただ、私がそんな状況にいたことを、周囲の人たちは誰も気づいていなかったでしょう。美容院に行くふりをして自分で髪の毛を切っていたり、急な発作で苦しくなっても、必死で隠しながらバイトをしていました。

外への活動が制限されていた分、有り余るエネルギーが自分の内側へと向かっていたのかもしれません。この頃はとにかく凝り性《こしょう》で、コーヒー豆にこだわったり、オリーブオイルを何種類もそろえてみたり、パチンコも台ごとの確率を計算してみたり、競馬では馬ごとの血統を調べたうえで馬券を買っていました。

どんな仕事でもそれなりに結果を出していたので、例外的にかけもちを許可してもらっていて、「少しでもいいからシフトに入ってくれ」と頼まれたりもしていました。どの職場でも店長や仲間から頼りにしてもらって、久しぶりに出勤すれば「来てくれてありがとう」と言われたりもして、信頼してくれているのを感じました。でも、恵まれた環境で甘やかされている自分が嫌いでした。なんとなく、それなりに器用にできて、手を抜いてもバレずにうまく立ち回れて、頼りにされている。それなのに、他の人と比べて飛び抜けてはいない自分……。そんな自分を好きではありませんでした。

一〇種類以上のバイトを同時にかけもちしながら、バイトとバイトの合間に仮眠をとる。朝も昼も夜も、寝る間を惜しんで毎日働き、苦労して稼いだお金は一瞬でパチンコに消えていく……。

そんな生活を繰り返していると、惨《みじ》めで悲しい気持ちになり、無性に駅前の百貨店の屋上に行きたくなります。

エレベーターは不安神経症の発作が出るために乗れなくなっていたので、エスカレーターで一フロアずつ上がり、屋上にたどり着くと外周を囲むフェンスまで駆け寄ります。フェンス越しに、

「ここから飛び降りれば楽に死ねそうだな」

と自殺することを考えていました。

むなしく日々を費やす自分が嫌で、
何度も「死のう」と思っていました。

「太陽が出ないと自分は死ぬ」と思っていた

「なんで太陽が出ていてくれないんだ！」

池袋駅から渋谷駅に向かっていた電車の中で二三歳の私は呟《つぶや》いていました。久しぶりの外出なのに、天気はあいにくの雨。私は「こんな日に限って雨が降るなんて、自分は不幸な人間なんだ」と思い込んでいました。

「晴れろ、晴れろ、晴れろ！」そう願えば願うほど、「晴れない＝自分は不幸」と感じ、しまいには「太陽が出ないと自分は死ぬんだ」と希死念慮にまで発展し、気持ち悪くなって、途中の駅でトイレに駆け込み、そのまま泡を吹いて倒れてしまいました。

しばらく休んで体調を落ち着かせると、どうにか電車に乗り直し、目的地の公園までたどり着くことができました。雨が止んで、ベンチに座って見晴らしの良い景色をボーッと眺《なが》めていると、久しぶりの解放感。「この時間が続けばいいのに……」そう思ったら不意に涙が溢《あふ》れてきました。

こんなにも景色は広々としているのに、さっきは太陽が出ないというだけで泡を吹いて倒れてしまった。そんな自分が情けない……。そう思ってひたすら泣いていました。

私はその日を最後に一二年もの間、電車に乗ることができなくなってしまいました。

私が「晴れろ！　晴れろ！」と強く念ずれば天気を変えられるでしょうか？

当然変えられないですよね。

でも、当時の私はその事実を受け入れられず、天候を変えようとしていました。

それも泡を吹いてしまうくらい全力で……（笑）。

私ほどではないにせよ、変えられないことを変えようとして苦しんでいる人は多いです。

職場に嫌いな人がいて、嫌なことばかり言う。いじわるな性格を変えてほしい。

過去にやってしまった失敗が気になって、いつまでも立ち直れない。

変えられないことを変えようとしても、私のように苦しくなるだけです。


米国の精神科医 エリック・バーン氏の名言に、

「他人と過去は変えられない。変えられるのは自分と未来」

という言葉があります。

そんなことは分かっていても、つい相手や過去に固執してしまうこともあるでしょう。私自身、何も分かってくれない、思い通りにならない親に対して、憤《いきどお》りを感じていました。

相手に期待ばかりして、自分のことが見えていなかったのです。

そして、つい固執してしまう自分が嫌になる、そうしたら、また苦しくなります。

そんなときは、「そう思ってしまうくらいに、相手（過去）のことが気になっているんだな」といったん受け入れるようにしてみてください。そして、気になるくらいなら思いっきり気にしてみてください。

そして「そんなに気になる相手（過去）のおかげで、どうやったら私（未来）を変えていけるかな」と好きなだけ考えてみてください。

二三歳の私の場合は、

「ずいぶん太陽に固執しているな。久しぶりの外出だから、晴れていてほしいと期待しすぎちゃったんだな。それから、自分は大丈夫なはず、いや、大丈夫であってほしい、と考えすぎちゃって、パニックになってしまった自分に失望しちゃったんだな。自分で自分を苦しめるのは、もうやめよう」

そんなふうに自分を許してあげればよかったのだと思います。

思い通りにならないことに固執して、
自分自身のことを考えられずにいました。

自分を必要としてくれた男の子

二〇代前半の私は、不安神経症、強迫性障害、過呼吸、双極性障害（躁うつ病）、統合失調症など、あらゆる精神的な病を抱え、心身ともに限界の状態になっていました。

電車の中で不安神経症などの発作が起きたら吐き気がして座り込んでしまうので、人に迷惑をかけてしまうという恐れから、電車に乗れなくなっていました。

そのため、雨の日は、レインコートを着込んで自転車に乗り、都内のカフェのバイト先に向かっていました。

しかし、途中で体調が悪くなったりして、遅刻がちになってしまいます。

すると指導担当の高校生に、

「さぼらないでちゃんとやってください」

と叱られる……。

そんな日々でした。

「すみません」と私は頭を下げながら、自分が情けなくて唇を噛《か》み締《し》めていました。

「どうしてこうなっちゃったんだろう」

「こんな人生になんの意味があるんだ」

何度自問したことでしょう。

「このまま、飛び降りたら楽になる」

ビルの屋上で何度も考えました。

「もう、死のう」

そう思った私が最後の最後で思いとどまることができたのは、ある男の子の存在があったからです。

その子の名前はSくん。

彼は私のことを「自慢のお兄ちゃん」と呼んでくれました。

私の友人の子どもで、障害のある当時一〇代前半の男の子でした。

Sくんの家庭の事情で、休日になるとお母さんが仕事で一日留守になるため、私がSくんと留守番をしながら、一緒に過ごすことになったのです。


一緒にご飯を食べて、宿題をして、ゲームをして、Sくんの学校で起こった話を聴いて……。私がバイトで疲れてつい寝てしまうことがあっても、Sくんはお母さんが帰ってくるまで、決して寝ませんでした。

Sくんのお母さんは、家に帰ってくるなりSくんに抱きつきます。Sくんも満面の笑みで「お帰りなさい」と言います。そして、二人は私に向かって言ってくれます。

「輝ちゃん、ありがとう！」

「お兄ちゃん、ありがとう！」

Sくんは、

「僕は人のお世話にならないと生きられない人間なんです」

と言います。

私が抱いて車椅子に乗せてあげると「すみません！」。

私がご飯を食べさせると「ありがとうございます！」。

私が何かお願いをすると「わかりました！」と素直に言うのです。

Ｓくんは、足が動かない、指も少ししか動かせないということを自分でちゃんと受け入れていました。どんなときでも、どんなことがあっても、Ｓくんは感謝の気持ちをいっぱい持って人と接していました。

「お願いします、お願いします」と人に頼りながら精一杯生きていこうとしていました。

「自分は心も体もボロボロで、生きている価値なんてない」とずっと思っていたけれど、Ｓくん親子との関わりで、私の心は少しずつ変化していきました。

手や足が不自由なＳくんの手助けをすることで、自分が誰かの役に立てているという喜びが私に生きる力をくれました。

「私は生きていいのかもしれない」――そう思えるようになってきたのです。

Sくんは、私のことをいつも「お兄ちゃん」と呼んでくれました。Sくんの学校に行ったときには「あ、自慢のお兄ちゃんが来た！」と、周りの友達に自慢げに話してくれました。


そしてようやく受け止めることができるようになりました。

「目の前にいるこの子は、私のことを大事な存在だと思ってくれている」

ということを。


私は心理カウンセラーとしてこれまでに一万名以上の方の臨床をしてきましたが、「自分になんて価値がない」「私は価値がない人間なんだ」という人にたくさん出会いました。私自身もSくんに出会うまでずっとそう思っていました。

でも、生きる価値がない人なんて、ひとりもいないんです。

私が死んだら、きっとSくんは悲しむ……。そう思ったときに、「Sくんにとって、私は大事な存在なんだ」ということを受け入れることができました。

Sくんと過ごしたことは、のちに私がカウンセラーとして人と接することにつながっていきます。

大事なことに気づかせてくれたSくん、ありがとう。

Sくんは今でも大切な大切な、私の友達です。

誰かの役に立てている喜びが、「生きていいのかもしれない」と思わせてくれました。

カウンセリング事例　3

誰にも理解してもらえず、不登校になった双極性障害のOくん

社会との接触を長い間断っている人には、時間をかけて信頼関係を築いていくことも必要です。双極性障害（躁うつ病）を抱えた一七歳の男の子（Oくん）には、それが必要でした。

Oくんは中学一年生から四年間学校に行っておらず、家でゲームをしたり、テレビを観たりして過ごしていました。中でもサッカーが大好きで、ヨーロッパのクラブチームの名前を全部言えたり、「このチームは◯◯選手がキープレイヤーで、フリーキックの得点率がリーグ平均よりもこのくらい高いんだ」など、どうやって調べたのか分からないほどの知識を持っていました。

うつのときは何もできなくても、躁のときには驚くべき集中力と探求力を発揮しま

す。しかし、その行動は多くの人には理解ができないので、「お前は変だ」とレッテルを貼られて、自分でも「自分はおかしい」と思ってしまうことが多いのです。

他人に理解されにくい分、理解してもらいたいという思いも強かったのでしょう。私が「え〜、そうなんだ！　もっと教えて！」と言うと、Ｏくんは一生懸命に話してくれます。三回、四回とＯくんの家に通って、いろいろ話を聴いているうちに、Ｏくんの笑顔が増えてきました。

帰り際に、

「また来月に来るね」

と言いながら手をさしのべると、しばらく他人と接触することを避けていたＯくんが、おずおずと握手をして応《こた》えてくれました。

そうやって半年ほど家に通っているうちに、信頼関係が深まってきたので、

「あのさぁ、Ｏくんがいつも読んでいるサッカーの雑誌があるよね。来月は先生と一

緒に買いに行かないかな〜」

と、さりげなく言いました。すると、Oくんは、

「うん、行く」

と自然に返事をくれました。

四年ぶりにお母さん以外の人との外出です。しかも、これまでは決して車から降りなかったのに、一緒に本屋さんの中まで来てくれたのです。

それ以来、外に出られたことに喜びを感じたらしく、毎月一回はOくんと一緒に買い物に行くようになりました。ホームセンターに行ったり、携帯ショップに行ったりもしました。

Oくんは少しずつ症状が落ち着いてきたので、現在は在宅で働けるほどになっています。

たった一人でいい。自分が大切に思っていることに興味を持って、同じように大切にしようとしてくれる人がいること。それだけで生きる元気が湧いてくるのです。

カウンセリング事例　４

喪失感から自分を見失ってしまったＫさん

とにかく「死にたい。死にたい」と言い続けていた五〇代の女性のクライアントＫさんは、重度のうつと、それに伴う強迫性障害に悩まされていました。

Ｋさんは旦那さんや三人の子どものために、家事に子育てに一生懸命に生きてきました。家計を少しでも支えようとパートをかけもちしたこともありました。

そして、子どもが大きくなって家を出たとき、「私の人生なんだったんだろう」と思ったそうです。

その思いはますます大きくなり、「私の人生なんだったんだろう」が、「私には何も残っていない」へ。そして「私は何もない人間だ」、しまいには「私は価値がない」へと変化していきました。

妻として、母として一生懸命にがんばった結果、女性として、一人の人間として生きていくことを後回しにしてしまったのです。

Kさんは「生きている意味なんてない」と部屋を真っ暗にして、一日中布団の中で過ごしていました。

旦那さんは、こういう状況にあっても仕事を優先するくらいに仕事熱心で、真面目な会社員でした。子どもの誕生日とか、家族の記念日とか、そういうことはちゃんとするけれど、普段は仕事優先。

「おれも仕事が大変なんだ。生きていればいろんなことがあるんだよ。気にしなければそこまで酷《ひど》くならない。もっと気楽に生きればいいんだよ」

と、自分でなんとかしろ、という態度だったようです。

Kさんは言います。

「私はブスでしょ。だから外に出られません」

「私に似合う服はないでしょ。だから外に出られません」。

私がKさんに似合いそうな服を買ってきて「似合うね～」と言っても、「私には似合わない」と言ってすぐに脱いでしまいます。

「私はデブでしょ。だから外に出られません」

そう言って、一日一食、パンを一切れだけ食べて過ごしていました。少し前の写真を見せてもらうと、確かに体型はぽっちゃり。でも今は痩せています。「すごい痩せたね～」と言っても「私はデブです」と何も食べようとしません。

窓を開けようとすると、

「お願いですから窓を開けないでください。人が見ていますから」

とKさんは言います。「誰に見られてもいいじゃん」と言っても、

「こんな姿を人様にお見せすることはできません」

と言いました。


Kさんの住む町では、夕暮れ時になると町内放送で音楽が流れます。その音楽が聞こえてくるのを怖れて、

「先生、音楽が鳴っちゃうよ……」

といつも言っていました。音楽を聞くと、今日も何もせずに一日を過ごしてしまった自己嫌悪に苛《さいな》まれるようでした。

私が夕暮れ時に漠然とした不安に襲われると、愛犬のムクを散歩に連れて行ったように、Kさんの気を紛らわせるために、Kさんが大好きだった演歌歌手の歌を、町内放送に負けないくらいに大きな音で鳴らして一緒に歌ったりもしました。

Kさんの家に行くたびに、私はいつも玄関とお手洗いとキッチンの掃除をしました。

そのたびにKさんは「きれいだと気持ちがいいですね。ありがとうございます」と言ってくれました。

ある日、Kさんの家に行って掃除を始めようとすると、トイレがいつもよりもきれいになっています。聞くと、Kさん自《みずか》らがトイレ掃除をやってくれていたのです。

「Kさん、トイレ掃除してくれたんだ。めちゃくちゃ嬉しいよ。ありがとう！」

と伝えたら、Kさんはその場で泣き崩れてしまいました。

「先生、私は今まで妻として母として、一生懸命に掃除をし続けてきたけれど、こんなふうにほめられたのは初めてです。どんなにがんばっていても、誰も感謝してくれなかったから……」

とのこと。私は、

「そっか〜、そしたら今度は先生が全部『ありがとう』を言っていくね」

と伝えました。

Kさんのご主人には、

「毎日ご飯を作ってくれることや、家がきれいになっていることなど、普段奥さんがやってくれていることに感謝の気持ちを伝えてください。そして、奥さんのつらい現状について、一緒にこれを克服していこうよという気持ちを持ってください」

と伝えました。

私はKさんにたくさん「ありがとう」と伝えていきました。そうやってKさんに感謝を伝え続けていくと、「その洋服似合うね」と言うと「本当ですか!?」と受け止めてもらえることも増えてきました。

ある日、Kさんがご飯を作り始めました。

「子どもにいつも食べさせていたお味噌汁を作ったの」

とのことです。

「え〜、もらってもいい？　めちゃくちゃおいしいよ！」

と私がいただいていたら、

「私は一生懸命料理を作り続けてきたけれど、こんなふうにお味噌汁一杯で喜んでもらえたことはなかった」

と言って、また泣き出しました。

「ありがとう」「おいしい」ちょっとした言葉です。それはほんの些細《ささい》なことだけれど、些細なことの積み重ねで人の気持ちは大きく変わっていくのだと思います。

カウンセリング事例　５

抑圧された人生を取り戻そうと、過食になってしまったＭさん

五〇代の女性・Ｍさんは、親の期待通りに勉強をがんばって、いい大学に入って、いい会社に就職して結婚し、そこからは家事に育児にがんばっていたのですが、三五歳のときにうつになってしまいました。すると、思うようにいかないストレスから食に走り、今度は過食症にもなってしまいました。

体の調子がいい日は、とにかく自分の好きなお菓子ばかりを食べ続けていました。

私が何か言っても、

「私はこれまでの人生で散々我慢してきたんだからもう我慢しなくていいの！」

とＭさんは聞く耳を持ちません。

さらには、着ている服も今までのシンプルな服装から、それまで着ていなかったよ

うな、ガーリーファッション系の、ピンクのふわふわフリルのついた花柄のワンピースを着て、ショッピングモールを歩き回るようになりました。

そして、歩き疲れた夕方、家に帰ると「死にたい」と言い始めるのだそうです。

「着る服を変えたんだね」と私が言うと、

「本当はもっとかわいい服を着たかったのに、母の好みじゃなかったから買ってもらえなくて、今好きなだけ着ているのよ！」

と言います。


以前、「お花が好き」と言っていたので、ある日、私はMさんのためにハイビスカスの鉢植えを買ってきました。そして、Mさんに「このハイビスカスを育ててあげて」と言って渡しました。

三日後、Mさんから「ハイビスカスが枯れてしまった」と連絡が来たので、家に行ってみると、枯れたハイビスカスが鉢植えに横たわっています。

そして、鉢植えには、ひたひたになるほどの水が溜《た》まっていました。

Mさんが花に自分を投影させて、たくさん水をあげてしまったことも、日中でもカーテンを開けないために日光が足りていないことも分かっていたので、

「何事もほどほどがいいのかもね。ハイビスカスは南国の花だから、水はちょっとでいいし、太陽をたくさん浴びたほうが花も嬉しいよ」

と伝えました。

そしてまたハイビスカスを育ててもらうと、今度は五日後に枯れてしまいました。

今度は水の量に注意しすぎて日光を当てることを忘れていたのです。

「お水も日光も大事だから、そのバランスを大切にしたいよね」

と伝えて、またハイビスカスの鉢植えをMさんに渡しました。

今度は水も日光も適量で、ハイビスカスはどんどん育っていきました。

二週間ぐらい育てていると、ハイビスカスの蕾《つぼみ》が出てきました。

「すごいね！　素晴らしいね！　これはMさんが一生懸命に愛情を注いだからだね。

愛情があるからといって、たくさん水を与えるのではなく、愛情を持って、ほどほどに水をあげることができたから順調に育ったんだと思うよ」

と伝えました。

「ほどほどと言えば、Mさん、いつもお菓子食べてるじゃん。あれっておいしいと思うんだけど、ほどほどだと思う?」と聞くと、「ほどほどではないですね」と答えてくれました。

私がMさんにハイビスカスを育ててもらったのは、

・極端な行動は死を招くということを知ってほしかった
・命には限りがあることを知ってほしかった
・命の尊さを知ってほしかった

という理由がありました。

「ほどほどの大切さ」、それを感じてもらえただけで、過食は治まっていき、服もMさんに似合う落ち着いた服装に変わっていきました。

第3章 外に出るのが怖い

潰瘍性大腸炎になる

一〇種類以上のバイトをかけもちしながら、朝から晩まで働いていた私の心と体はボロボロになっていきました。体重は四九キロまで落ち込み、食べることが面倒になり、息をするのもつらくなりました。

一人で生きていけなくなった私は実家に戻り、家業を手伝うことになりました。

二三歳で実家に戻った私は、「会社の後継者」という立場でした。周りは年上の従業員ばかりで、彼らに認められるためには絶対に結果を出さないといけない、というプレッシャーに押しつぶされそうでした。

ここでも朝から晩まで働き詰めだったので、ストレスを抑圧した私は、今度は過食に走ります。揚げ物や肉ばかり食べ続け、食べることでストレスを発散する毎日……。体重は半年間で二〇キロ以上増え、七二キロにまでなっていました。

不規則な生活と不摂生な食事がたたったのか、ある日、左足の付け根の上あたりにゴルフボールが入っているような異物感を感じるようになりました。初めは違和感程度だったのに、時間とともに痛みが増していきました。違和感から三日後には、あまりの痛みに食事も受け付けないほどになり、病院に駆け込みました。

診察を受けながら、この痛みはガンか何かだろうと不安に思っていたら、結果は「潰瘍性大腸炎」でした。

潰瘍性大腸炎とは、日本でもっとも多い難病とされ、大腸の粘膜に炎症や潰瘍を起こす病気のことです。

痛み止めを飲みながら仕事を続けていましたが、あまりにも痛いので、少しでも痛みを和らげるために食事の改善をすることにしました。揚げ物や肉ばかりの食事から、魚と野菜中心の食生活へ変えました。ただ、難病指定されているような病気ですので、すぐには良くなりません。

ピーク時よりはいくぶん和らいだものの、痛みはその後も続き、ストレスを感じるとさらに痛み出すというような状態が一二年ほど続きました。

ほぼ完治と言えるまでに症状が改善したのは、三五歳の頃。ある恩人の死がきっかけとなって、あらゆることから解放されて外に出られるようになってからのことでした（このことについては、のちに詳《くわ》しく述べます）。

抑圧がきっかけで潰瘍性大腸炎になり、抑圧がなくなったら、不思議と痛みも消えていたのです。

日本人の中には「我慢は美徳」だと思い込んでいる人が多くいます。しかし、「我慢」は精神と肉体を蝕《むしば》んでしまいます。

私は抑圧を「我慢」し続けて、一二年もの間痛みに耐えることになってしまいました。

私は「我慢」と「忍耐」は違うと思っています。

「忍耐」とは、自分が叶えたいもののために耐え忍ぶことです。

一方、「我慢」はとにかく耐えること。その先には何もありません。

心が望んでいない抑圧は「我慢」。心が受け入れている抑圧は「忍耐」とも言えるでしょう。

今、一生懸命何かに耐えているとしたら、その先にある未来はなんでしょうか？ その先に、自分の叶えたい望みが見えますか？ 見えないのであれば、それはただの「我慢」である可能性があります。ただの我慢だとしたら、その抑圧は「もっと自由に生きていいんだよ」というサインなのかもしれません。

「我慢」を手放したら、
痛みも自然と消えていました。

会社の借金名義を肩代わりする

曽祖父と父が興した会社は順調に拡大を続け、従業員が二倍三倍と増加していました。しかしその矢先、バブル崩壊の煽《あお》りを受け、多額の借金を背負うこととなり、窮地に立たされました。長男である私が二五歳で家業を継ぐことになったとき、会社はそんな状況下にあったのです。

家業を継いでから発覚した予想以上の会社の借金。なんとしても会社を守り抜かなければ、と必死になりすぎて錯乱《さくらん》状態になり、何度自殺を試みたか分かりません。

そうした状況にまで追い込まれても、すべてを投げ出して自由になるという選択肢はまったく考えていませんでした。

そこまでして会社の存続にこだわったのは「里親の喪失体験」があったからだと思います。

里親は私が五歳のときに急に夜逃げしました。そうするしか方法がなかったのかもしれません。

でも、事情を知らない私は「見捨てられた」と心に深い傷を負いました。

もし、ここで私が逃げたら、家族や従業員、従業員の家族、取引先に、私と同じような苦しみを味わわせてしまう。

そして、誰よりもその苦しみを知る私が、ここで投げ出したら、自分で自分のことを絶対に許せないだろうと思ったのです。

「やるしかない」という思いで朝から晩まで働きました。

やれることは全部やりました。

二二時までだったお店の営業時間を深夜二時まで延ばしました。回収した空ビンは買い取ってもらえたため、従業員には配達先から空ビンを一本でも多く持ち帰ってきてほしいとお願いしました。少しでもコストカットするために、日曜日は従業員の制服を手洗いしました。

月末の支払いのために生きているようなものでした。その月の支払いを済ませ、今月も生き延びられたという安堵感《あんどかん》が得られたと思うと、瞬時に翌月の支払いのことが頭に浮かび、焦燥感《しょうそうかん》が襲ってくる、そんな日々でした。

無我夢中で働き、会社の経営と自分の心の病で、生きるだけでも精一杯だったため、この頃の出来事はあまり思い出せません。

「私はなんのために生きているのか?」そんなことを考える余裕すらありませんでした。

借金に追われて、
生きるだけでも精一杯でした。

過呼吸の恐怖を「工夫」で乗り越える

過呼吸の症状がもっともひどかったのは二五歳の頃でした。

当時、結果を出さなきゃ誰からも認められない。結果を出さなきゃ自分には価値がない。そう思い込んでいた私は、焦《あせ》りと不安から朝六時から深夜二時まで、毎日休みなく働いていました。

結果を出せていない自分が布団の中で眠るなんて、と自分で自分を許せず、いつも事務所のソファで丸くなって寝ていました。

お風呂で湯船にゆっくり浸《つ》かることも許せず、いつもお昼の休憩時間にサッとシャワーを浴びるだけでした。

そのため、いつも寝不足でしたし、いつも心身ともに疲れていました。

そのせいでしょうか、月に二回くらいのペースで過呼吸がやってきていました。

「やばい、過呼吸が来そう。来る、来る、来る……」と一度思ってしまうと、「過呼吸になるかもしれない」という不安で呼吸がどんどん浅くなっていき、体が硬直してきます。

何事もなく終わるときもあるのですが、そのまま実際に過呼吸になってしまうこともありました。

「ハッ、ハッ、ハッ……ウッ！」

突然、視界がぼやけ、息ができなくなります。

「誰にも気づかれないようにしなきゃ！」

と、ボーッとしてきた頭を懸命に働かせ、しびれてきた手足を必死に動かしてトイレへ向かいます。

胸が痛み、筋肉が硬直してきて、ただ歩くだけでも苦しいのです。

でも、ここで倒れるわけにはいきません。

「意識を保て！　ここで失神したら親にバレる！」

と、倒れ込むようにしてトイレに駆け込み、扉を閉めて鍵をかけ、そのまま便座にもたれかかり、壁のタイルを触ったり、トイレの水を流したりして、なんとか気を紛らわせようとするのです。

しかし、意識が飛びそうになり、大きく空けた口からはよだれが落ちてきます。

何度も過呼吸を経験してはいるけれど、過呼吸で死ぬことはないと頭で理解してはいるけれど、息ができずに死ぬほど苦しくて、このまま本当に死んでしまうのではないかという恐怖が襲ってきます。

「ハァ〜、ハァ〜」過呼吸が落ち着き、呼吸を元に戻しても、全身の力が抜けて、うまく体を動かせません。

「何やってるんだよ！　自分は結果を出さなきゃいけないのに……！」

と、さらに自分を責めていました。

過呼吸にならないように、また過呼吸になっても自分でコントロールできるように、いろいろな方法を試してみました。

ヨガの呼吸法をしたり、瞑想《めいそう》をしたり、医者から処方された薬も試しましたが、どれも思ったような効果がありません。紙袋で口を覆《おお》い呼吸するペーパーバッグ法も試しましたが、このまま呼吸ができなくなりそう、という恐怖でさらに呼吸が浅くなり、私の場合は逆効果でした。


ある日、「柑橘《かんきつ》系のアロマオイルは不安を和らげるのにいい」と本に書いてあったのを読んで、すぐにオレンジ、レモン、グレープフルーツのアロマオイルを購入し、試してみることにしました。

「過呼吸になるかも」と不安を感じてきたときに、アロマオイルのボトルを開けるとオレンジの香りが溢れてきて、「過呼吸への恐怖」から「オレンジの香り」に意識が切り替わります。

そうやって香りを嗅《か》ぐことに集中していると、少しずつ落ち着いてきました。

「これは効果があるかもしれない！」

その後も、過呼吸に襲われそうになったときには、オレンジやレモン、グレープフルーツの香りを嗅ぐことで、過呼吸にならずに済んだという体験を何度か経験すると、

「過呼吸になりそうになっても、この三本のボトルを持っていれば大丈夫」

と思えてきました。

そしてボトルを持ち歩くようになってから、「アロマがあれば大丈夫」という安心感からか、三年がかりで過呼吸の不安も完全に消え、症状もまったく起こらなくなりました。

初めは体と心の疲れから起こった過呼吸。

でも途中からは「また過呼吸になったらどうしよう」という自分の意識が過呼吸を作り出していたのだと思います。

「意識」の力は強力です。

「ダメかもしれない」と思ったら、ダメな結果を引き寄せます。

「不安」に感じたら、不安な結果を引き寄せます。


だからといって、意識しないようにするのは困難です。

「食べちゃダメ」と言われると余計に食べたくなるように、「意識しちゃダメ」と思うと余計に意識してしまいます。


不安や恐れは、まだ現実には起こっていない未来に意識を向けるから発生します。

大切なことは「未来」ではなく「今」に意識を向けることです。

香りは「今」に意識をとどめる手助けになります。私たちの鼻は「今の香り」しか感じることができないからです。「未来の香り」は嗅ぐことはできないですよね(笑)。


意識が変われば気分が変わります。

いい香りは、「今、いい気分」にさせてくれます。

意識を「未来、嫌な気分」から「今、いい気分」に変えるために「香り」を使うのも一つの方法です。

私はこの経験から、瞑想やパニック障害を克服するために行っていた自律訓練法にもアロマオイルを取り入れました。

今は気分転換をしたいときや、気合を入れたいときに「香り」を使っています。

また、アロマセラピーの講座をしたり、クライアントさんとのカウンセリングにもアロマを用いています。

意識が変われば気分が変わります。

「努力」ではなく、「工夫」で意識を変えることができるのです。

不安を自分で乗り越えようとせず、
環境に頼ったら楽になっていきました。

パニック障害で家から出られなくなる

極度のパニック障害の症状は、過呼吸と同じく私が二五歳の頃にやってきました。

この頃はトラックを運転して各飲食店にお酒を配達する仕事をしていました。誰にも負けないくらい力仕事をこなし、食べることでストレスを発散させる日々でした。

そんなある日のこと。いつものようにお酒の配達でT市に来ていました。するとと、運転中に突然、全身が震えてきました。慌てて車を路肩に停めると、全身の震えがますます強くなり、貧血になったように体が冷たくなってきました。だんだんと意識も遠くなり、死の恐怖を感じました。

しばらくすると、体の不調は治まり、「あれはなんだったんだろう?」と疑問を残しつつも、何事もなく会社に帰りました。これがパニック障害の始まりでした。

翌日、いつものようにお酒の配達でT市に向かっていると、またしても全身が震え始め、前日と同じ症状が発症してしまいました。

そして、それからというもの、T市に行こうとしただけで、またあの症状が出るんじゃないかと考えてしまい、怖くて、T市に行けなくなってしまいました。

それから数週間後、今度は自分の住んでいる地域の隣町でパニック発作が起こり、隣町にも行けなくなりました。

「T市には行けない。そして、隣町にも行けなくなった。そしたら他の場所も行けなくなってしまうかも……」

頭ではそんなことはないと分かっていても、気持ちを抑えきれずにどんどん不安が不安を駆り立てていきます。少しずつ自分が追い込まれていく気がして、ただ公園にいても不安になり、信号待ちをしていても怖くなってきました。近くのスーパーのレジに並んでいても「また発作が起きるのではないか」という強い不安を感じるようになり、最終的には自分の家が見えなくなると、不安でどうしようもなくなり、実家の敷地以外に外に出ることができなくなってしまったのです。

しかし、私がパニック発作で家から出られなくなったことは周囲に隠し続けていたので、家から一歩も出ようとしない私を、家族は「気が弱いからだ」とか「外に出るのは好きじゃないもんな」と誰も深く知ろうとはしませんでした。

その頃私はもう、絶望することに慣れてしまっていました。

ある日、私の家にK社長が来ていました。K社長は父親の友人で、小さい頃から何度か我が家に訪れたことのある、大きな会社の社長さんでした。

私は家を出られなくなったことを知られたくなかったので、挨拶だけ済ませ、さっと立ち去ろうとすると、

「輝、お前どこかおかしくないか?」

と、私の様子がおかしいことを一瞬で察知してくれたのです。「自分のことを分かってくれた」という気持ちから、安心感が込み上げてきて、自分の状態を打ち明ける

ことができました。

それからというもの、Ｋ社長は多忙にもかかわらず、年に一～二回、私の様子を見に来てくれました。そして私の顔を見ては、「そのままでいい」「無理するな」と、その都度《つど》必要なアドバイスをくれました。

抱きしめてくれたり、力強く握手をしてくれたり、時には勢いよく頭を叩いて励ましてくれることもありました。関わり方は毎回違ったけれど、いつも変わらぬＫ社長の温かさが私に生きる力をくれました。

私がパニック障害を克服したのは三六歳の頃です。

あらゆるトレーニングを積んで、少しずつできることが増えていって、ようやく自分を信じられるようになってからです。

最初にパニック障害が起こったとき、私は自分を信じられなくなりました。またパニック発作が起こってしまうのではないかと、恐れてしまったのです。パニック発作を起こしてしまった自分自身を否定してしまったのです。

もう大丈夫。パニック発作は起こらないし、起こったとしてもそれも受け入れよう。そう思えるようになるまで一年かかりました。そして、そう思えるようになったとき、パニック発作が起こったらどうしよう、と考えることすらしなくなり、それから一度も再発していません。

不安や恐れを感じたときに、まずは「そうだよね、そう感じるよね」と自分の感情を受け入れることが大事なのだと思います。

大切なのは、自己否定してしまう自分をも受け入れることです。

自分の感情を素直に受け入れられれば、不安や恐れが現実になっても乗り越えられる、と自分を信じる勇気がだんだん湧いてくるのです。

「不安」や「恐れ」を肯定できるようになったら、発作は起きなくなっていきました。

外に出られなくなったおかげで分かったこと

父親から社長業を引き継いだ二五歳の頃。

当時は夕暮れ時になると必ず統合失調症の症状が出ました。周りの景色が幾重《いくえ》にも重なって見え、やがて突然目の前が真っ暗になって、恐怖と不安に包まれていました。体が宙に浮いたように感じて、自分が誰だか分からなくなりました。意識をなんとか保つために、自分の足を思いきりつねったりして、なんとかしのいでいました。

そんな状況の中でも、人から認められないといけない、結果を出さないといけない、という強迫観念から余裕がなくなり、従業員たちにきつい物言いをするようになっていました。

すると、私の言葉に傷ついた従業員たちは次々に辞めていってしまいます。でも、当時の私には辞める理由がまったく分かっていませんでした。もっと結果を出さないと……。こうして私の言葉はますますアイスピックのように鋭く人を傷つけていきました。

「あなたが嫌いです」

「意味が分からないので話したくないです」

「このくらいの給料をもらっているのなら、このくらい働いて当然だと思います」

そんなきつい言い方を私はしていました。

父には何度も注意されましたが、

「僕がどれだけ大変か分かっていないくせに……」

と耳を貸そうともしませんでした。

朝六時から夜中の二時まで休みなしで働いているのに、結果が出ない。どうすればいいのか分からない。そしてまた、人が自分の元から離れていく……。

これ以上人に認められなくなったら、私はこの世から必要とされなくなるんじゃないか、という恐怖がいつもそばにありました。

そんな生活を繰り返しているうちに、家の敷地から外に出ることができなくなりました。

外に出られなくなると、周りに助けてもらうしかなくなります。

そこからようやく自分の伝え方を変える必要性に気がつきました。

「ありがとう」と「ごめんなさい」ははっきり言おう。そうは思ってもなかなかうまくできません。

大変だったのは「断り方」です。

父から社長業を引き継いでいた私は、従業員や取引先にはっきりと断らないといけない場面がたくさんありました。

「今までのようにばっさりと断ってしまったら、従業員が辞めてしまう。取引もなくなってしまう。そうしたら会社は潰れてしまう。じゃあ、どうやって断ればいい？」

プレッシャーに押しつぶされそうになりながらも、良い関係性を保ちながら断るにはどうしたらよいのかを模索し続けました。

私があれこれ試してみて分かったことは「NOと言わずに、NOを伝える」ということです。

友達に誘われたときに「ごめん、その日は予定が空いていなくて。でも次回は私も行きたいからまた誘ってね」と自分の希望を伝えるNO。

町内会で頼まれごとをされたときに「私には難しそうだと感じたので……。◯◯さんに声をかけてみてはいかがでしょうか」と代案を提示するNO。

部下の間違いを指摘するときに「たとえばこういう方法もあると思うけど、どう思う？」と相手に意見を求めるNO。

すべて真っ向から自分の主張をする必要はない。大切なのは相手の立場に立って、どんなふうに断れば嫌な気持ちがしないで済むかな？　と考えること。相手の立場になって考えられる「優しさ」が良い関係を育《はぐく》むコミュニケーションの土台になるのだと知りました。

人から頼まれごとをされたときに、「断ったら嫌われるかも」「もう求められなくなるんじゃないか」「困っている相手の頼みごとを断るのは心苦しい」などと思ってしまうと、忙しくても、やりたくなくても、断れずに引き受けてしまい、どんどん苦しくなってしまう、そんな方もいるのではないでしょうか？

カウンセリングをしていると「断れなくて悩んでいる」というクライアントさんによく出会います。そんな方たちにお伝えしているのは、「あなたが全部背負わなくていい」ということです。

断ることが苦手な人は、きっと人に頼むのも苦手なはず。

でも、頼みごとをしてきた相手は「頼むことができる人」です。ということは、これまでの人生で、その人は何度も誰かに頼みごとをしてきています。そして何度も断られてきています。だから、たとえ断ったとしても、相手は嫌ったりはしないし、すぐに別の人に頼むだけです。だから、大丈夫です。

私自身、従業員にも親にも、自分の状態を話すことはなかったけれど、なんとなく察して、自宅から出られない私の代わりに薬を買いに行ってくれたり、私がどうしても動けないときにはうまくごまかしてくれたり、気遣《きづか》ってくれる女性がいて、その方にはずいぶん救われました。

その方も病気を抱え、入退院を繰り返していました。だから、私の苦しみをそれとなく感じ取って、助けてくれたのだと思います。

外に出られなくなったおかげで、誰かに頼んでも大丈夫と思えたし、関係を崩さずに断るスキルを身につけることができました。

ひとりで抱え込まず、人に助けてもらうことを学んだのです。

「できない自分」のままで、自分に何ができるか考えたら心が楽になりました。

「死なないために」部屋の角を触る夜

「家の鍵を閉めたかな？」「ポケットに入れた切符は失くしていないかな？」など、一度気になったら、確認せずにいられない経験は誰にでもあると思います。

強迫性障害とは、そういったことが過剰に、頻繁《ひんぱん》に起こるようなもので、自分自身ではおかしいと分かっていることでも、やめられないのが特徴です。

私が強迫性障害に悩まされたのは二五〜三五歳の一〇年間でした。

一番ひどかったのは二五歳の頃で、週に一度は症状が現れていました。

私の場合、強迫性障害に加えて、「再びあんな状態が起きたらどうしよう」と不安を感じてしまう「予期不安」や、死ななければならないと思ってしまう「希死念慮」

もセットになって発症していました。

たとえば、寝床に入ってからすんなり眠りにつけないと、急に胸のあたりがザワザワしてきて不安になります。不安を感じると、

「まずい、このままだとまた希死念慮が起こってしまう」

と不安がさらなる不安を呼びます。そうするとどうしようもなくなって、最終的には、

「自分は死ぬ運命にある」

とまで思えてきます。

でも、実際に死ぬのは怖く、本当はまだ死にたくありません。

そう感じた私は、死なないために何をするか？

すべての角という角を人差し指で触り始めます。

「自分の部屋にあるすべての角を触り終えないと、自分は死んでしまう」

と思い込んでいました。意味が分からないですよね。でも、自分でも意味が分からないと思うようなことを思い込んでしまうのが強迫性障害の特徴なのです。

目の前にある机の四隅を触り、机の上に置いてある本の角を触り、エアコンの角を触り、棚を触り、コンセントの蓋を触り……自分でもこんなばかげたことをしても意味がないことくらい頭では分かっています。今すぐに角を触るのをやめたとしても、死ぬはずがないことくらい頭では理解しています。でもこの強迫観念は、やめようとすると不安で体がドキドキしてきて、結局やめることはできませんでした。

触り残しがないように部屋の隅から順番に触っていきますが、途中までできたときにすでに触り終わったエリアの中でまだ触っていなかった箇所を見つけると、他にも触り残しがないかと不安になり、また一から触り直します。

何度も何度も触り直していると、いずれ夜が明けて朝がやってきます。

「あ、朝だ……」そう思うと、自分の今までやってきた角を触る行為がばからしく感じてきて、角を触る行動をすんなりとやめられます。
「疲れた……」何時間も角を触り続けていたので、心も体も頭も限界です。でも、当時は仕事で結果を出さなければ自分は価値がないと思い込んでいたので、この日も朝六時から仕事をしなくてはいけません。
「一時間だけ横になろう」――こうしてようやく長い一日に一区切りつけるのでした。

私は「死にたくない」と、生きることに執着していました。そして、生きることにしがみつこうとすればするほど、「死んだらどうしよう」という強い不安が生まれ、「角を触らないと死んでしまう」という極度の強迫観念にとらわれていったのです。

ここで必要なことは執着を手放すこと。とはいえ、強迫性障害になるくらいに強い執着です。そんな簡単に手放すことはできません。だからこそ、一度でいいので徹底的に執着してみればいいのだと私は思います。

私の場合、「どうしてこんなばかげたことを……」と思いながらも、一晩中角を触り続けていました。だからこそ、朝が来るとすんなり手放すことができました。

そして、それを何度も繰り返すうちに、「すべての角を触らないと死んでしまう」から「朝が来れば、角を触ることをやめられる」という気持ちに変わり、「強迫観念が起こったらどうしよう」から「強迫観念が起こってもなんとかなるだろう」へと考えが変わると、強迫観念が起こる間隔が少しずつ延びていきました。

気になって気になってしょうがないことは、思いきりやりきってしまえばいいと思います。中途半端なところで手放そうと努力してもうまくいかないものです。やりきってしまったほうが、自然に手放せるようになっていくのだと思うのです。

執着を手放せないときは、
徹底的に執着してみる。

異常なほどの記憶力に苦しめられる

二五歳の頃、統合失調症の症状が悪化しました。

小学校の頃ほどではないにしろ、幻聴・幻覚が起こりました。そして何が原因なのか、この頃記憶力に異常な偏《かたよ》りが起こってしまいました。

たとえば、ワインの長い横文字の名前や産地、特徴は一回聞いただけで完璧に覚えてしまいます。

一方で焼酎の名前は、どういうわけか、ひらがなでも、何度聞いても覚えられないのです。

特に苦しかったのは、読んだ本の内容を全部暗記してしまうことです。一度見たページは写真のように記憶に焼き付いてしまい、何ページの何行目はどんな文章が書いてあるかまで覚えてしまっていました。

一見するといいことのように思えるかもしれませんが、頭がおかしくなりそうになります。

パソコンのハードディスクに画像や動画が大量に保存され続けて、重くて動かなくなるイメージです。忘れることができないことがこんなにもつらいのかと実感しました。

発狂しそうになるのを抑えるために、家の廊下を何往復もしながら、ひたすら頭の中で、記憶していることを一人でブツブツと呟いていました。頭の中に溜まった情報を掃き出している感覚です。呟きながら、「こんな自分はおかしな人間なんだ」と思っていました。

本を読むと苦しくなるにもかかわらず、本を読み続けていたのは、私にはそれしかやれることがなかったからです。仕事の合間をぬって、今少しでも楽になるための答えを本の中に探し続けていました。

この期間中にたくさんの賢人の言葉に触れました。言っていることや表現方法、考え方も価値観も違っていて、一人ひとりの生き方もまったく違うのに、本質的な部分では通じるところがありました。

そのことに気がついたとき、

「本質さえ見失わなければ、それ以外の違いは全部光り輝く個性なんだ」

と思えるようになりました。

「違ってもいい。変わっていてもいい。いろんな人間がいてもいい」

そう思えるようになると、不思議と「統合失調症の症状」は治まっていき、「異常なほどの記憶力」も失われていきました。


「普通」を手放したら、自分を受け入れられるようになってきました。

カウンセリング事例　６

過呼吸で病院に運ばれたエリートビジネスマンのＡさん

「苦しい……」

電話に出ると、声にならない声で、その一言だけが受話器から聞こえてきました。

すぐに「過呼吸の発作」だと思い、聞こえているかどうか分からない彼に向かって

「玄関の鍵を開けておいて！」

と言って家を飛び出しました。

三〇代前半のＡさんは仕事のできる優秀な営業マン。職場の人間関係で悩んでいて、「うつ」と「パニック障害」「過呼吸」がありました。

私の家から車で一〇分ほどの場所にある彼のマンションに駆けつけると、床に横たわったＡさんは、ひきつけを起こしていました。手足は突っ張り、体は後ろに反って

いて、白目をむいて震えています。背中や顔や頭をパンと叩くと意識が戻り、その瞬間に背中を思いきりさすります。

私も何度も経験があるので分かるのですが、ひきつけが起こると、自律神経が狂って全身の体温が低下します。そこで、持ってきた使い捨てカイロを足先や背中、首筋などに貼りつけ、その上からさすって体を温めました。

その後、「過呼吸が起きては落ち着く」ということを四～五回繰り返し、一時間も経過すると、体が温まったことと、そばに誰かがいる安心感からか、発作も治まりました。

翌週もAさんの過呼吸が起こり、また家に駆けつけました。

前回のように白目をむいて、体が反った状態で固まっています。ただ、今回は「危ない」と思ったので、すぐに救急車を呼んで一緒に病院に付き添いました。

救急車が到着した場所は総合病院です。病院に着くなり、出迎えていた病院関係者

の方から、

「あなたは誰ですか？」

と聞かれたので、

「心理カウンセラーです」

と答えると、

「そんな方は必要ありません。帰ってください」

と言われました。

ここは病院なので、私が必要ないのは分かります。でも今、目の前でAさんは瞳孔《どうこう》が開いてしまうくらいに苦しんでいるのです。少しでも早くAさんに楽になってほしいという思いから、

「彼を早く楽にさせてあげてください。安定剤入りの点滴をお願いします」

とそばにいた医者に伝えると、イライラした口調で、

「そんなことは分かっている！　お前みたいなやつがいるから世の中がおかしくなるんだ！」

と言われました。

病院の外で三〇分ほど待っていると、点滴を済ませたAさんが、落ち着いた表情でゆっくりと病院から出てきました。Aさんは安定剤の影響でうまく歩くことができなかったので、一緒にタクシーで帰りました。

家に帰り、ベッドに寝かせ、パジャマに着替えさせている最中、ずっとAさんは、

「先生、ごめんなさい」

と泣いていました。

「気にすんなって！　誰にだってあることだよ。ゆっくりお休み」

と伝えました。

あたりを見ると、ずっと片づける気力もなかったのでしょう。彼の部屋はものが散乱していました。

「先生は掃除が大好きだから掃除するね。Aさんは寝ていていいから！」

と言いながら、お風呂とお手洗いとキッチンの水回り、そして玄関の掃除を始めま

した。こういうとき、大事なものに触られたり、配置を勝手にずらされたりするのは嫌だと思うので、寝室やリビングには手をつけないようにしています。

「ガチャガチャ」とあえて音を立てながら掃除をします。シーンとしているよりも、音があると、それだけでそばに人がいることが分かるので、安心できた経験が自分にあったからです。

私は掃除をしながら、

「Ａさんにはどんなふうに関わると良くなってもらえるだろう？」

と考えていました。そしてふと、

「お弁当を作ろう」

と思いました。

眠りから覚めたＡさんは、掃除をした水回りを見て、

「きれいだと気持ちいいですね」

と言ってくれました。そして私は、

「ありがとう。今度はお弁当を持ってくるから、そのときにまた掃除するね」
と言いました。

それから半年間ほど、週に二回のペースで、Aさんの自宅にお弁当を作っては持っていきました。

好きな食べ物を聞くと「唐揚げ」と「甘い卵焼き」だったので、どちらかは必ず入っているようにして、栄養バランスを考えてお弁当を作りました。

誰かが自分のためだけにお弁当を作ってくれた、と思うだけで生きる希望につながります。きっと喜んでくれるだろうと思いました。少なくとも、私がつらく苦しかった時期に、同じことをしてもらったら、どれだけ救われただろう、と思うからです。

お弁当を持っていっても、Aさんが残業で家にいないときもあります。
「ごめん、先生、今日はまだ会社だから、今晩のお弁当は食べられないですよ」
と言われると、

「そっか。じゃあ、ポストに入れておくね。冷蔵庫に入れておけば明日食べられるから。はい、ポストを開ける暗証番号教えて！」

そうやってお弁当だけ置いて帰ったこともありました。

お母さんの味を聞いて、その味を真似《まね》しようともしました。よくお母さんがきんぴらごぼうを作っていたと聞くと、きんぴらごぼうを作り、肉じゃがを食べたいと言われたら、

「お母さんはこんな肉じゃがを作るだろうな」

と考えながら肉じゃがを作りました。

疲労とストレスによる食欲不振で痩せ細っていたAさんは、少しずつ食べる量も増えて、体重が増えてきました。

すると、それに比例して生きる力も漲《みなぎ》っていきました。

そして、職場の人間関係に悩むAさんは転職を決意しました。

やりたくないことでもがんばってしまう、強いAさん。転職先は本当にやりたい方

向性と一致している会社だったので安心して見送りました。

Aさんには、私とのデータをすべて消してもらいました。

私の存在を感じることで、過呼吸や救急車の記憶を呼び覚ますわけにはいかないからです。

この瞬間は、いつもなんとも言えない気持ちになります。クライアントが元気になったということなのだから嬉しいのだけれども、寂しくもある。でも、私の存在は彼の未来のためにならないから、思いきってやってもらいます。

唯一私と彼を結びつけるもの。それはメールアドレスです。

「また何か困ったときにはいつでも連絡していいからね」

という思いで、アドレスだけは今でも変えないようにしています。

何をやっても絶望しかないと思ってしまうようなときも、自分のことを助けたいと願う人はいる。その思いが彼の生きる礎《いしずえ》になってくれたら嬉しく思います。

カウンセリング事例　7

対人恐怖症で三〇年以上引きこもっていたEさん

三〇年以上引きこもっていた四〇代の男性、Eさんのお話です。

Eさんのお母さんからの依頼で、Eさん親子の住む自宅へ伺ったのですが、出てきたのはお母さんのみ。そのため、Eさんのお母さんと話をしました。

何十年もの鬱積《うっせき》が溜まっていたのか、四～五時間、お母さんが話し続けるのをただ聴いていました。その内容のほとんどが旦那さんや親族、近所の人の批判と愚痴《ぐち》で、会話の中に一切の笑いはありません。

その会話から分かったことは、

・Eさんは対人恐怖症で、勇気を出して何人ものカウンセラーに会ってきたが、

「○○という病気です」「こういうように考え方を変えたほうがいいですね」「この薬を飲みましょう」といった対応をされ、カウンセラー不信になってしまった

・お母さんは外に出られないEさんに、体にいいものを食べさせたいと一生懸命料理を作っている

・父親はEさんに無関心で、あまり家に帰ってこない

・Eさんはお母さんとしか会わず、いつも二人で父親の愚痴を言い合っている

ということでした。

これは長期戦になるだろうなと思って、それから月に一回、車で二～三時間かけてEさんの家に通うようになりました。

家に行くたびに、有名なスイーツをクーラーボックスに入れて持っていきました。それをEさんのお母さんにプレゼントすると、すごく喜んでくれました。

「まぁ～、○○のどら焼き。食べたかったの！」

「○○のケーキ、食べるの初めて！　嬉しいわ！」

そうやってスイーツを一緒に食べて、お母さんの話を四時間くらい聴き、

「残りはEさんと一緒に食べてくださいね」

と言って帰ります。

季節の花を持っていき、玄関に飾ってもらったりもしました。


これには私なりの考えがありました。

今までのカウンセラーは、Eさん自身をなんとかしようと関わっていたはずです。

それでEさんは嫌な思いをたくさん経験してきてしまった。

だから、私はEさんとは一切交流せずに、ただEさんのお母さんと話をしようと思いました。

そうすると、母親が唯一の話し相手であるEさんは、

「お母さんが楽しそうに話をしている中島という男は誰なんだ？」

と興味を持つでしょう。

そして、私が帰った後で、母親とスイーツを食べながら私の話をしてくれるだろう

と考えたのです。

自室の二階から一階へ下りるたびに、玄関に飾られた花にも気がついたはずです。

最初の訪問から一年くらい経過した頃でしょうか。

ついにEさんが、私に会いたい、と言って部屋から出てきてくれました。

「こんにちは、中島です。いつもうるさくしてごめんね。いつもお母さんにはお世話になっています」

と挨拶をすると、

「Eです。こちらこそ、いつもおいしいお菓子をいただいていました。ありがとうございます」

と、とても礼儀正しく挨拶をしてくれました。ずっと家の中にいて日の光を浴びていないからか、肌の色は真っ白で二〇代にしか見えない若々しさでした。

「なんで出てきてくれたの?」

と聞くと、

「一番信頼しているお母さんが、ずっと笑って話していた相手はどんな人なんだろう？　と気になって、会ってみようと思いました」

と言ってくれました。

「Eが自ら会いたいと言って、誰かに会うのは何十年ぶりでしょう。もしかしたら初めてかもしれません。先生、ありがとうございました」

と帰り際にEさんのお母さんが私に話してくれました。

その言葉がすごく嬉しくて、帰り道、車の中で涙が止まらなかったことは、今でも鮮明に覚えています。

猛烈に働いた結果、人間関係が壊れ、練炭自殺を図ったSさん

「どうしても先生に会いたいです」

電話越しに聞こえるその声は、小さいながらも切実さに満ちていました。

私はその声を聞いて、とっさに、この人は早くなんとかしないとこのまま死んでしまうかもしれない、という危機感を覚えました。

電話を切ってすぐに車に乗り込み、二時間かけてSさんが住んでいるというアパートの前に到着しました。

私が部屋の前まで来たことを伝えると、Sさんはアパートの扉を開けて、私の前に現れました。

「夜遅くにすみません」

すらっと細身の、優しそうな中年の男性は言いました。

時間は深夜。立ち話では近所迷惑になると思ったので、Sさんを私の車に乗せると、閉めきった車内には、なんとも言えないカビ臭さとタバコの臭いが混ざったような臭いが漂《ただよ》ってきます。

自殺しそうな状況にまで追い込まれている人の多くが、こういった独特の臭いを発するのを私は経験的に知っていました。

この臭いから推測できるのは、家の中を閉め切っていて、日光が差し込まない、空気の入れ替えもない、ゴミが散乱しているような部屋の中で生活しているということ。そして、ストレスを紛らわすために多量の喫煙をしているということ。

「どこか近くのカフェに行こうか」

と提案すると、

「近くは嫌です」

とのこと。きっと知り合いに会いたくないのだろうと思ったので、

「いいと思うところまで離れたら教えて」

と伝え、車を走らせること一時間。

「この辺だったら……」

と、ようやく全国チェーンのファミリーレストランに入りました。

Sさんが繰り返し言っていたのは「死にたい」「仕事をするのが苦しい」ということ。

Sさんは大手メーカーに勤める四〇代の会社員で、元々は猛烈に仕事をしていて十分な結果も出していました。しかし、もっと仕事で結果を出さなきゃいけないというプレッシャーと、それに伴う職場の人間関係の軋轢《あつれき》に心を病んでしまい、今は休みがちになりつつも仕事をしているという状況でした。

私はSさんの緊張が解けてきた頃を見計らって、今までの会話と同じようにさりげなく、

「どんな自殺の準備をしているか教えて」

とたずねました。

すると、

「首吊りに、睡眠薬に、練炭に、あとはリストカット……」

と、どうやったらより楽に確実に死ねるかを徹底的に研究していて、死ぬために必要な道具は一式用意しているようでした。

Sさんは本当に一線を越えてしまう可能性もあると感じたので、最初の数週間は週に二回、その後は週に一回くらいのペースで彼の自宅まで通っていました。

彼と会って三ヶ月くらい経ったある日の晩。いつものようにメールが届きました。

メールを開けると、書いてあった言葉は、いつも届いていた、

「死にます」

ではなく、

「ごめん、先生、もう無理」。

急いで車に乗り込み、夜の九時頃、彼の家に到着しました。予想はしていたのですが、やはり玄関のドアが開きません。すぐに、事前に調べておいた、近くに住む大家さんの家に向かいました。

夜中に大家さんの家のチャイムを何度も鳴らし、ドアを叩きます。不愉快そうに出てきた大家さんに、

「夜遅くにすみません。◯◯というアパートに住んでいるSさんが自殺を図っているかもしれないんです」

と伝え、地方に住むSさんの両親と電話をつなぎ、大家さんに「部屋を開けてほしい」とお願いをしてもらいました。大家さんが警察を呼びたいと言ったので、

「構いませんが、本人が嫌がるので、サイレンは鳴らさないで来るように頼んでください」

と伝え、現場に急行しました。

Ｓさんのアパートで警察官と合流し、警察官が鍵を開け、部屋に入るとＳさんが見当たりません。最初に会ったときに感じたカビ臭さとタバコの臭い、そして生ゴミの臭いが重く漂ってきます。

お風呂場だ、と思い駆けつけると、扉が開きません。扉の縁《ふち》がガムテープで覆われていたからです。思いきり扉を何度も押すと、ガムテープは外れました。扉を開けると、そこには練炭を抱えたＳさんがぐったりしています。

安定剤か睡眠薬も多量に飲んでいるのでしょう。

「うあぁぁ……」

とうめき声をあげ、意識も朦朧《もうろう》として動く気力がないようでした。

でも、生きています！

「よし！」と思いながらＳさんをズルズルと部屋まで引っ張っていき、大家さんに、「夜遅くにすみませんでした。あとは私が責任を持ってそばにいますので、大丈夫です」

と言って帰ってもらいました。

自殺未遂ではあるが生きていたこと、Sさんの両親と連絡がとれたこともあり、警察官も帰っていきました。

時刻は二三時ぐらいだったでしょうか。大家さんと警察官が帰り、二人きりになると、少しだけ意識が戻ってきたSさんは「ごめんなさい。ごめんなさい」と小さな声で呟いています。

Sさんはとても苦しかったのでしょう。

「一生懸命に生きてきて、仕事でも結果を出したけど、結果を出せば出すほど人間関係がおかしくなって……この先、生きていても希望が持てない。もう死ぬしかない」

といつも言っていました。

Sさんにも希望はある。「希望も何もない。死ぬしかない」と絶望しきった経験を自分がしてきたからこそ、そう確信していました。私は、

「大丈夫だよ」

と言いながら、ひたすら背中をさすっていました。

「何も考えなくていいから。自分を責めなくていいから」

「『もう無理』と先生に知らせてくれてありがとう」

と言いながら、ただただ背中をさすっていました。

四時間くらいそれをやり続けたでしょうか。明け方になって斜光カーテンの隙間《すきま》から少しだけ光が差し込み始めた頃、彼が突然泣き出し、

「ごめんなさい」

と言いました。

「とんでもない、ありがとう」

と私は返しました。他のことは何も言いませんでした。Sさんが生きていてくれたことだけに感謝を込めて「ありがとう」と言い続けました。

喉《のど》が渇いただろうと思い、冷蔵庫を開けるとオレンジジュースが入っていました。私がいつも「糖分はとるように」と言っていたことを守ってくれていたのでしょう。

そのオレンジジュースをコップに注ぎ、起き上がって少しだけ飲んでもらいました。

やっと落ち着いて時計を見ながら、

「お父さんとお母さんは、もう始発の新幹線に乗ってこちらに向かっていると思う。でも、あと四～五時間はかかるだろうね。それまでは僕がいるから安心して」

とSさんに伝え、また背中をさすっていました。

私がSさんにしたことは、一晩中ひたすら背中をさすって、そばにいてあげることだけでした。それでも、Sさんは大切な存在だよ、ひとりじゃないよ、ということが伝わればいいと思っていました。

Sさんに生気が戻ってきたので、もう大丈夫だと思いました。その後Sさんとは会っていません。私に会うと当時の状況を思い起こさせてしまうからです。でも、「Sさんは、結婚して会社員として幸せに働いている」ということを人づてに聞き、よかった、と安心しました。

第4章

少しずつ前へ

自殺未遂

それまでに何度も「死にたい」と思ったことはありました。自殺を試みようとビルの屋上に上ったこともありました。

しかし、二五歳の私は「死にたい」ではなく「死ななければならない」と思いながら自宅の天井の梁《はり》にロープをくくりつけていました。

家業のビジネスがうまくいかなくなり、その莫大な借金を二五歳で背負うことになった私は、死と隣り合わせの日々を過ごしていました。

返済に追われ、「今日の借金」を返済するために「借金」をして、「明日の借金」を返済するために「今日の売上」を作らなくてはなりません。借金を返すために一日だって休むわけにはいきません。

朝起きてから夜寝るまでずっと苦しくて、寝ている間さえも悪夢にうなされます。「今は何時なのか？　今日は何曜日なのか？　現実なのか、夢なのか？」生きている実感がない毎日。常に心が休まらず、孤独を感じ、生きている意味も見出せない。そんな状態が続いていると、ふと「もう、死なないと」と思えてきました。

これが「希死念慮」です。

希死念慮になると、「死ななくてはいけない」と思い込んだり、「死にたい」という言葉が頭から離れずに、自殺することを義務だと思い込んでしまいます。

この状態になると、「死んだら迷惑をかける」とか「誰かが悲しむ」とか「お世話になった人のためにも生きなきゃ」とか、そういったことは一切考えられなくなります。頭に浮かぶ言葉は「怖いけど、死のう」ただそれだけでした。

自分のことしか考えられなくなると「自殺」へのストッパーが外れ、自然と体が動き出してしまいます。

すでに「死に方」は十分調べていました。首を吊るなら、どこにロープをかければいいか。どうやってロープを結べばいいか。どれくらいの体重ならどうやって死ねるか……など。

ロープは、自分の体のサイズに合わせた太さや長さのものをすでに用意してありました。

準備が進むにつれて恐怖が増してきて、「死ぬのが怖い」と頭の中では思うのですが、体は勝手に動き出し、準備を進めていきます。

梁につながれたロープを手に取り、

「さあ、やるぞ」

と思い、輪の部分を首にかけます。ロープに体重を預けようとすると、ロープの表面のザラザラが首筋をこすりました。その瞬間、これまでにお世話になった人たちの顔が突然浮かびました。

「なんてことをしていたのだろう……」

躊躇《ちゅうちょ》なく死のうとしてしまった自分が自分で怖くなりました。自分の意思とは関係なく動く自分が信じられなくなり、夜中、買ったロープを家の庭に埋めました。

それでも、また後日、希死念慮から「死のう」と思うと、土の中からロープを掘り返してしまっていました。


そんな生活を繰り返しながらも、ヨガや瞑想、自律訓練法、呼吸法など、少しでも「今、楽になる」ためのことをできる限り続けていました。

それらを始めてから三年が経ち、効果を少しずつ実感し始めてくると、「人生が少しずつ良くなっている感覚」に喜びを感じられるようになりました。この喜びは、子どもの頃、初めは補助輪なしでは乗れなかった自転車が、練習することで少しずつ乗れるようになっていく喜びと似ているかもしれません。

このときも、「生きている意味」は見出せないままでしたが、「生きる喜び」が増えていきました。

私は、「生きている意味」をなんとか見出そうともがいていました。それがこの苦しかった年月を経て、少しずつ「生きる喜び」を見つけられるようになっていきました。

つまり、「生きている意味」が分からなかったから「生きること＝苦しい」だったけれど、「生きている意味」は分からなくても、「生きること＝喜び」と視座が変わっていったのです。

そして、「生きる喜び」を感じられるようになって初めて、「生きる意味」を見出せるようになっていきました。

「生きる意味」を探すより、「生きる喜び」が自分に生きる力をくれました。

「できない自分」を受け入れる

二〇代の頃、私は双極性障害を患っていました。双極性障害とは、気分が高まったり落ち込んだり、躁状態とうつ状態を繰り返す病気です。

躁状態の私は、バスタイムに強いこだわりを持っていて、そのお店でしか売っていない石鹸を買うために、実家からわざわざ都内まで足を運んだりもしていました。

でも、うつ状態になると、何もしたくなくなります。シャワーを浴びるのも嫌になります。

無意識にやっていた行動が分からなくなってしまうので、入浴するためには、着替えを持って、お風呂場に行って、洋服を脱いで、体を洗って、頭を洗って……、といちいち考えなくてはなりません。あれだけ好きだったバスタイムが一気に面倒になって、できなくなってしまうのです。

入浴することが毎日の習慣になっていたため、それができない自分に不潔さを感じていました。

「自分は入浴することもできない汚い人間なんだ」

そうやって自分を何度も責めていました。

ある日のことです。いつものように、何度もお風呂に入る流れをシミュレーションし、何度も「よし、行こう！」と気持ちを奮《ふる》い立たせますが、その都度、お風呂場にすら向かえない自分を責めていました。

そのループが続くことが面倒になってしまい、「もう、いいや」と、「お風呂に入ろうとすること」を手放してボーッとしていました。一時間くらい経った頃でしょうか。急に「お風呂に入ろう」と思い立つと、スッと立ち上がり、そのまま入ることができました。

今まで意識的にやろうとしていたことを「もう、いいや」と手放したことによって、無意識化されてスッと動けるようになったのです。

禅の世界に行雲流水《こううんりゅうすい》という言葉があります。「空をゆく雲と川を流れる水のように、物事に執着することなく、自然の成り行きに任せて生きる」という意味です。

雲をつかまえようとしても手からすり抜けてしまい、つかむことはできません。川の水をせき止めても低いほうへ流れてしまいます。同じように、変えられないものを変えようとしても何も変わりませんし、逆に変わっていくものを変えないようにしても結局変わっていきます。

だから、どうしようもないことは「もう、いいや。ま、いっか！」で手放してみたらいいと思います。

私の場合は、うつになるとどうしても入浴することができなくなることがありました。

そして、できない自分を受け止められずに、自分を嫌いになっていました。

それを、なんとかお風呂に入ろうとがんばったり、できない自分を責めたりするのをやめて、「入浴できなくてもいいと思える自分になろう」「できなくて落ち込んでもいいと思える自分になろう」とトレーニングをしていきました。

できない自分を嫌いになるよりも、できない自分も受け入れる。
落ち込む自分を嫌いになるよりも、落ち込む自分も受け入れる。
「どんな自分も受け入れる」——これが苦しみから抜け出すヒントになります。

がんばることを手放したら、
スッとできるようになりました。

日常が失われそうになったとき、気づくことがある

私が中学生だったあるとき、突然、夜逃げをした里親の「ママ」が私の家を訪れました。

ずっとずっと会いたいと思っていた「ママ」が目の前に現れたとき、私は「今頃になって来やがって」という顔をしながら、振り払うようにして自分の部屋に駆け込みました。突然の出来事にどうしていいのか分からず、混乱してしまったのです。

部屋に鍵をかけて、布団に顔を押し付けて、ずっと泣いていました。

「輝くーん」

階段の下から声が聞こえても、「ママが生きてた！　ママが会いに来てくれた！」という嬉しい気持ちと、「こんなに苦しめておきながら、今さら会いに来るなんて！」という反抗心が、心の中でぐるぐる交錯《こうさく》していました。

結局、その日は部屋を出ることもなく、一晩中泣いていました。

二五歳になって、家業を引き継いだ私は、支払いに追われる毎日を送っていました。

精神的にも追い込まれて、くせのように過呼吸が頻繁に起こり、近所のコンビニエンスストアにさえ、行けなくなっていました。どうにもならない現実に直面して、頭がボーッとしてきたとき、ふいに、

「あれ？　もしかしたら自分は、身近な幸せに気づくことができていなかったかもしれない」

と思い浮かびました。自分でもなぜかは分かりません。

体調は最悪だけれど、身の安全が確保されていて、食べるものもあって、学校にもちゃんと行かせてもらえて、自分を気にかけてくれる人もいる。

そう思ったら、お世話になった人たちに謝らなきゃいけない気がして、お世話になった五人の人に、一人ひとり電話をかけて、

「今までごめんなさい……」

と泣きながら謝りました。

里親の「ママ」にも電話をかけ、

「今までごめんなさい！」

「久しぶりに会ったときに近寄るなという態度をとってごめんなさい！」

と何度も謝りました。

何も言わずに私の言葉を聞いてくれていた「ママ」は、私がひとしきり話し終えると、こう言ってくれました。

「いいんだよ、人生いろいろあるから。輝ちゃん、ありがとう」

それを聞いた瞬間、

「今まで生きるのに必死すぎて、今が幸せだということに気がついていなかった」

と痛感しました。私の目からは涙が溢れてきて止まりませんでした。

人から聞いた話ですが、「ママ」と「パパ」は夜逃げをした後、別のアパートで暮らしていました。そのアパートの部屋の壁には、私の写真がたくさん飾ってあったそうです。突然目の前からいなくなってしまったことで、「愛されていなかったんだ」と思い込み、心を閉ざしてしまった私ですが、里親の「ママ」と「パパ」は、実の子でもない私のことを、本当に愛して育ててくれていたのです。

人は、今までの日常が失われそうになっているとき、「今、幸せ（だった）」と気がつくのかもしれません。

私の場合はそうでした。

ふと「あれ？　もしかしたら自分は身近な幸せに気づくことができていなかったのかもしれない」と思ったのも、今から思えば「もう家から出られなくなるだろう」という予感が自分でもしていたのだろうと思います。

「ママ」との電話の後も私の症状は悪化し続け、そのまま一〇年間、深い闇の中を手探りでさまよい続けました。

最近、マインドフルネスや瞑想が流行っています。

それらの教えの一つに「今、ここ」というものがあります。

未来でもなく、過去でもなく、空想の世界でもなく、「今、ここ」に意識を集中しようという教えです。私も昔ヨガをやっていたことがあるので、「今、ここ」の教えはよく分かるのですが、今の私は「すなわち、今」が大切だと感じています。

「すなわち、今」とは、「過去に起きた原因が、今の結果を作っている」という考えです。

父と母が結婚したから、今の私がいる。

苦しかったあの頃に諦めなかったから、今ここにいる。

今日まで生きてきたから、今生きている。

過去につらいことがあったとしても、そんな過去があるから「すなわち、今」がある。

私自身、統合失調症やパニック障害を患っていた頃は本当につらかったけれど、自殺未遂も何度もしたけれど、だからこそ今、カウンセラーとして多くの人の心に寄り添えるし、死なないでよかった、生きてきてよかったと、今こうしていられることに、心から感謝できる。

今、この瞬間をありがとう。

いろいろな「おかげ」にありがとう。

そう言えるようになれたら、生きることがずいぶん楽になっていきました。

つらいことに目を奪われて、
今ある幸せに気づいていませんでした。

分かってもらいたい、という思いを手放す

里親の夜逃げという体験から、五歳で深い喪失感に襲われた私は「世界は敵だらけ。人は信用できない。頼りになるのは自分だけ」と思って生きてきました。

「自分の心は誰にも明かさない。絶対に人になんか頼るものか！」

そうやって症状が悪化しても、精神が錯乱しても、決して取り乱している姿を人に見せることはありませんでした。私が二五歳で家を出られなくなっても、家族がそのことに気づいたのは、ずいぶん後になってからです。

この頃は急な発作に悩まされていました。

呼吸をするのがつらくて、倒れてはトイレでうずくまる……。

外に出ることができないので、会食の誘いは断るしかありません。

私が家から一歩も出られない事情を知らない父は、

「お前が行きたくないだけだろ」

と一方的に決めつけます。初めは、

「どうして分かってくれないんだろう」

と落ち込んだり、

「なんで分かってくれないんだ、この野郎！」

と怒ったり。

散々反論をしましたが、抵抗すればするほど父は聞く耳を持たず、

「人に会うのが緊張するから行きたくないんだろ」

「お前は外食嫌いだもんな」

と分かったようなことを言ってくるのが嫌でした。

父を憎み、殺す計画を立てたこともありました。

でも……。

落ち込んでも発作は起こりました。

怒っていても発作は続きました。

恨んでいても発作は止みませんでした。

「父をどれだけ憎んでも発作は改善しない」

そのことに気がついたとき「もう無駄なことにこだわるのはやめよう」と思いました。それ以来、父から言われたことが事実でないとしても、

「そうだね」

と表面的に受け入れることにしました。反論しても何も変わらないからです。

言い返したくなっても、受け流す。

そんなやりとりが繰り返されるうちに、父から一方的に言われることは減っていきました。

自分と相手の価値観は違うもの。どれだけ言葉を尽くしても、分かってもらえない

ことがあります。どうにもならないことは、「どうにもならないんだ」と受け入れれば、苦しまなくて済みます。

それに、一番大切なことは、本当に「分かってもらうこと」なのかどうかです。私にとっては、父に抵抗を続けていくことよりも、自分の症状を良くしていくことに集中することのほうが大切でした。

父に分かってもらいたい、という気持ちを手放したのです。

また、父親に自分のことをすべて理解してもらいたい、という思いも、甘えの気持ちがあったのだと、冷静に自分を見ることができるようになってきました。

すると、どうなったか。

私は自由になることができました。

父を恨んでいた過去を忘れてしまおうとは思っていません。「私は父を憎んでいた」という事実を自分に許すことができたからこそ、両親の苦しみも今なら理解できるし、父を敬《うやま》う気持ちも、父や母を大事に思う気持ちも持てるようになりました。

「身近な人で、嫌いな人や苦手な人がいます。どうしたらいいでしょうか？」という相談を受けることがよくあります。

そんなときは、

「嫌いでいいんですよ」

とお話しします。もし、恨んだり、憎んだりしている人がいても大丈夫です。嫌いな人や苦手な人がいても構いません。その相手を変えようとする抵抗はやめて、受け流しちゃいましょう。少し距離を置いて、自由になりましょう。

相手と向き合わなくてもいい場合もあります。

それ以上に向き合うべきは自分の人生なのですから。

分かり合えない相手は、無理に分かり合おうとしない。そうすれば自由になれます。

自分の役割を果たせることは幸せなこと

「躁」状態の人もいれば、「うつ」状態の人もいます。そして、「躁とうつ」を繰り返す人もいます。前述したように、私の場合は、小学四年生の頃から「躁とうつ」を繰り返す双極性障害でした。

躁病になると、爽快感と万能感に包まれて活動的になります。目の前のことに集中して、周りが見えなくなってきます。気がついたら二四時間活動し続けていた、なんてことも起こります。

考えたくなくても思考が止まらなくなり、アイデアがどんどん浮かんできて、頭がはちきれそうになってきます。そして、浮かんだアイデアはすべて実行したくなり、一気に何十個も手をつけ始めてしまいます。

受験期に躁病になったときは、徹夜で朝まで勉強することが苦痛ではありませんでした。ただし、少し勉強するとすぐ違う科目の勉強を始めるというやり方をしていました。そうしないと気が済まないのです。

うつ病になると、躁病とは反対に、何もする気がなくなります。生きていることに意味がないと思えてきて、自分は何もできない存在だという無力感に襲われます。

うつ状態のときは、歯を磨くことすらできなくなりました。その行動に意味を見出せないからです。

「どうせ歯を磨いても誰も見てくれないし、どうせ歯を磨いてもいつかは死ぬし。歯磨きなんてやる必要がない」

などと思ってしまい、歯を磨こうと思えなくなっていきます。

同時に、自然にやっていた行為の一つひとつができなくなり、行動に移すハードルが格段に上がり、すべてが面倒くさく感じるようになります。

歯を磨くためには、立ち上がって、洗面台に向かい、蛇口をひねって、コップを手に取り、コップに水を入れて、口をゆすぎ、歯ブラシを手に取り、歯磨き粉をつけたら、口の中に歯ブラシを入れて……あれ？　どの歯から磨いていたのだろう？　歯を磨くときには、手をどうやって動かせばいいのだろう？　……。

歯磨きをするだけでも大仕事のような気がして、結局何もやらずに、ひたすらボーッとしてしまいます。そして、そんな自分を責めてしまうのです。

二五歳で家を出られなくなってからは、躁とうつの切り替わりが特に激しくなりました。

朝起きるとうつ状態からスタートします。何もしたくないので、実際には目が覚めていても、布団から起き上がることができません。瞼《まぶた》を開けるのも面倒で、真っ暗闇の中でただただ自分を責める言葉を自分に浴びせ続けます。

そして、夜になると今度は躁状態になります。活力に満ち溢れて、外に出るためのトレーニングがしたくなります。あらゆる心理学や心理療法の本を乱読したり、ありとあらゆるものに手をつけていきました。

でも、たまに躁とうつのタイミングが逆転して、「朝は躁になり、夜はうつになる」こともあります。夜にうつがくると最悪です。生きていることに意味がないと思い、夜の孤独も手伝って、「自殺したい」から「自殺しよう」に変わってしまう瞬間があるのです。

躁状態のときもうつ状態のときも、結局根底にあるのは、「愛されたかった、認めてほしかった」という思いでした。

躁状態の私は「愛されたいのに愛されない」ことへの怒り、「認められたいのに認められない」ことへの憎しみだけで動き続けていました。

「がんばれば、愛してもらえるかもしれない。認めてもらえるかもしれない」と無意識に思っていたのでしょう。反対に、うつ状態の私は愛されること、認められることを諦めてしまっていた状態でした。

死にたくなってどうしようもなくなったときに、すんでのところでとどまれたのは、K社長の姿が頭に浮かび、「また来てくれるK社長のためにも生きなきゃ」と思ったからでした。

K社長は会いに来てくれたときに、

「よく生きていてくれたな」

と言ってくれました。

求められていること、待っていてくれることを実感できると、嬉しくなります。

自分に役割が与えられ、その役割を果たせたとき、自分を認めてもらえたような気がして、「生きてもいいんだ」と自分に許可を出せるようになっていきました。

誰もが生きているだけで役割を果たしているのだと思います。

がんばっているときも。がんばれないときも。

死なないで今日を生きている。誰もが生きているだけで役割を果たしているのです。

カウンセリング事例　9

生きがいが見つからず、無気力に陥ってしまったNさん

五〇代女性のNさん。仕事も家事も育児も一生懸命にやってきました。子どもたちが巣立って手がかからなくなり、仕事も辞めると、それに比例して無気力感、無価値感を感じるようになりました。過食になったり、拒食になったりを繰り返しながら、部屋から一歩も出なくなり、自殺を試みようとしたところ、子どもたちが気づいて、私の元に連絡をくれました。

家に行くと、六畳ほどの真っ暗な部屋に掛け布団をかぶったNさんがいました。

「先生、私は生きていても意味がないんです。もう死ぬんです。死にたいんです」

「夫は本当の私を理解しようとはしません」

次の週、再びNさんの家へ行き、買い物カゴほどの大きさの段ボール箱を運び込みました。

「先生、それはなんですか?」

とNさんが興味を持ってたずねてきました。

「これはね、ボルトとナットだよ。Nさんは仕事ができる人なんだから働いてもらわないとね! これなら部屋から出なくてもできるでしょ」

そう言って、「ボルトにナットをはめる」という内職を与えました。

「わかりました」

と言ってNさんはボルトにナットをはめていきます。黙々と二時間ほどやったところで声をかけました。

「Nさん、今日はそれくらいにしようか」

と言うと、Nさんは満足げな表情で、

「単純作業で余計なことは何も考えなくて済むから、終わった後の気分がいいわ」

と言ってくれました。

それから四〜五日間、「内職できた！」とメールが入っていて、「よかった」と思いながら、一週間後にまたNさんに会いに行きました。

すると、Nさんの腕が青あざだらけになっています。


「その腕、どうしたの⁉」

と聞くと、

「先生、死ねませんでした」

とNさんは泣き出しました。ボルトを腕に打ち付けて死のうとしたらしいのです。

Nさんは、与えられた仕事を一生懸命に行いました。最初はよかったのですが、やがて単純作業のためにやりがいを感じにくくなり、「一瞬の生きがい」がなくなりました。それで、「生きていてもしょうがないから」と、また死にたくなったのです。

ボルトの先端は平らになっているので、腕にボルトを打ち付けても死なないでしょう。Nさん自身も分かっていたと思います。それでも、自分の体を痛めつけて、生きていることを実感したかったんだろうなと感じました。

「ここまでたくさんやってくれてありがとう。もう休んでいいからね」

そう言って段ボールをNさんの部屋から運び出しました。

そして、また次も内職をお願いしました。今度はボルトを仮留めで穴にはめていく仕事です。この仕事も最初はやりがいを持って一生懸命に取り組んでいましたが、数日も経つと、内職は進まなくなり、ボルトはあざをつけるための道具に変わってしまいました。

「無理しないでくださいね」

と言いながら、その仕事を運び出しました。そして、翌週に会ったときに、また別の内職をNさんに渡しました。

そうしたら、Nさんに変化が起こりました。

段ボール箱の中身も確認せず、

「私、何かやりたい！」

と言ってきたのです。

「じゃあ、何がやりたいことなのか分かった？」

と聞くと、

「何をやりたいのか、自分でも分からないんです」

とのことです。

そこで私は、

「何をやりたいのか分からないということが分かったわけだから、今度は旦那さんやお子さんを抜きにして、Ｎさん自身がやりたいことを見つけようか。でも、ひとりだと怖いよね。だから先生も一緒についていくよ。まずは先生とドライブにでも行って探しに行こう」

と言いました。

黙って一〇秒ほど考え込んでいたＮさんは「そうですね」と言いながら、ようやく重い腰を持ち上げて数ヶ月ぶりに出掛ける準備を始めました。

Nさんは、「自分の役割を果たさなければ」と一生懸命生きてきました。その一方で、「自分はどうしたいのか」を犠牲にしてきてしまったのです。ですから、Nさんには、「役割を果たさなければならない」という義務感をまずは手放してもらいました。後日、残った内職を私の会社のスタッフたちとともに完了させたのも、今ではいい思い出です。

カウンセリング事例　10

パートナーの自殺以降、自分を責め続けたUさん

とある駅から車で二〇分ほどに位置するベッドタウン、2LDKのきれいなマンションに四〇代後半の夫婦が住んでいました。子どもには恵まれませんでしたが、夫婦の仲は良く、二人とも平日は真面目に働き、週末になると二人でよく各地の温泉に行っていました。

そんな穏やかな日常を過ごしていたのですが、ある日旦那さんがうつになりました。原因は職場の人間関係が良くないこと。それから自分のやりたいことと実際にやっていることの乖離《かいり》からくる葛藤でした。

それから旦那さんの食欲は衰え、食事は毎日お菓子一袋だけ、というような状態でした。どんどん痩せ細り、体重は三〇キロ台にまで落ち込んでしまいました。

それをいつも心配していたのが奥さんのUさんです。

旦那さんが、

「ちょっと散歩に行ってくる」

と言うと、Uさんは、

「どこに行くの？　心配だから行く場所教えて」

と言います。旦那さんが、

「コンビニでビールを買ってくる」

と言うと、
「本当にビール買いに行くだけ？　大丈夫？」
といつも心配していました。

そんな生活が一年ほど続いたある日。心配していたことが起こってしまいます。うつによる衰弱からくる絶望に耐えきれなかったのかもしれません。旦那さんはお酒と一緒に安定剤を飲み、いつも二人で一緒に寝ていた寝室で首吊り自殺をしてしまいました。

亡くなった直後はお葬式などで忙しくて気が紛れていたのですが、それもひと段落して落ち着くと、旦那さんの自殺現場を見てしまったショックと、旦那さんのいない喪失感に耐えきれず、Uさんは自分で自分を責めていました。

これは私の経験上の感覚ですが、愛する人の自殺を経験したとき、もっとも悲しみが深くなったり、耐えきれなくて後追い自殺をしようと思ったりするのは一年後くらいが一番多いのです。

Uさんも、もう少しで旦那さんの死から一年というタイミングで、当時の光景を思い出してきて、苦しみはピークに達し、私の元に助けを求めに来たのでした。

Uさんに対しては、「旦那さんのことを考えなくていいよ」「あなたのせいではありませんよ。気にしないでください」というような言葉は一切言いませんでした。

代わりに私が言ったことは、

「あと一ヶ月ほどで旦那さんの自殺した日から一年が経ちますね。今どんなことを感じているのか教えてください」

ということです。

するとUさんは、

「苦しいです。寂しいです。私が代わりに死ねばよかったんです」

と言います。

それを聞いた私はさらに質問を投げかけます。

「去年、旦那さんが亡くなる一ヶ月前に、Uさんは旦那さんに対してどんなふうに関わって、どんな言葉がけをしていましたか？」

Uさんは苦悶《くもん》の表情を浮かべたまま、なかなか答えてはくれません。一分ほど経った後に、小さな声で、

「大丈夫？　本当に大丈夫？　といつも心配していました」

と答えてくれました。

私は言いました。

「不安な気持ちをそのまま一番不安な旦那さんに伝えていたんですね。そして、その旦那さんは、今いません。Uさん、愛する人の存在が大きければ大きいほど、悲しみは深くて当然だと思います。だから、悲しければ悲しいほど、旦那さんの存在は大きかったんだなということを知ってください。それほどUさんにとって大きな存在である旦那さんを、簡単に忘れようとしないでください。

Uさん、もし、今のUさんが去年の今頃、ちょうど旦那さんが自殺をする少し前に

戻れるなら、Uさんは旦那さんにどんな言葉を伝えますか？」

「大丈夫だよ！　なんとかなるから！　そうやって彼の中に希望を見出します」

とUさんは答えてくれました。


「では、一つお願いがあります。今日から命日まで、旦那さんの骨壷《こつつぼ》に向かって『大丈夫だよ！　なんとかなるからね！』と、去年は言えなかった言葉を毎日伝えてあげてください」

と伝えました。


私がどうしてそんなことをお願いしたかというと、四つの意味がありました。

一つ目は、Uさんにとって旦那さんは大切な存在だということを、もう一度再認識してもらいたかったこと。

二つ目は、今の気持ちをしっかり味わってもらうことで、中途半端に後悔を引きずらないため。

三つ目は、どんなに呼びかけても旦那さんは二度と答えてくれない、ということを自覚してもらい、変えられない過去を受け入れてほしかったから。

そして、Uさんに「大丈夫だよ、なんとかなるよ」と言い続けてもらうように言ったのは、そう言い続ければ、その言葉をUさんが自分自身の耳で聞いて、「大丈夫、なんとかなる」とUさん自身が思えるようになると願ってのことです。

もし、愛する人があと一時間で死んでしまうとしたら、今の関わり方のままで本当に後悔しないでしょうか。

不安や心配や怒りなど、ネガティブな気持ちで相手に関わるのではなく、できれば、喜びや楽しみや希望など、ポジティブな気持ちで人と関わりたいものです。

人は「いい気持ち」か「嫌な気持ち」のどちらかしか選べません。

常に「いい気持ち」で生きていくことで、みんなが後悔なき人生を歩んでほしいと思います。

第5章

進むべき道があるから

もっと、遠くへ……

二八歳の頃の私は、ヨガや自律訓練法、呼吸法、瞑想、アロマセラピー、心理療法など、本を読んでは藁《わら》にもすがる思いで実践していきました。それらの工夫が功を奏したのか、統合失調症や過呼吸などの精神疾患はずいぶんよくなっていきました。

とはいえ、借金は相変わらず残ったまま、パニック障害の症状はまだ残っていて、家から出られない状況は続いていました。

絶望はますます深まり、

「このまま一生この家でこんな毎日を過ごすのか？」

と自問自答したとき、体中が震え、

「嫌だ！　ずっとこの家に閉じこもったままで一生を終えるのは耐えられない！　もういい‼　どうせ死ぬなら、やれるだけのことをやって死んでいこう」

と思いました。落ちるところまで落ちきったのでしょう。どこか自分の中で吹っ切れた感覚がありました。

「自分は何者なのか？　自分の人生になんの意味があるのか？」――その答えを探すことをやめたのです。そのときに、どこかホッとする自分がいました。

落ちるところまで落ちた私は、パニック障害で家から出られない現状を打破するために、車に乗って、できる限り家から離れる練習を開始しました。

「やるしかない」と一縷《いちる》の望みにかけたこの車トレーニングは、無力感との闘いでした。初日は車のエンジンすらかけられずに終わりました。それ以降もなかなか思うようにいきません。

最初の数ヶ月は家の前を行ったり来たりするだけで精一杯でした。次の信号を直進すればいいだけなのに、家から離れていく不安に耐えきれず、家の前の道路に帰ってきてしまうことの繰り返し。同じ道を通るたびに「何やってるんだ自分！」と自己嫌悪に陥ります。そして「もうこれ以上落ちるところなんてないのに、なんで自己嫌悪になってるんだ⁉」とさらに自分を責めては、無力感に襲われていました。

そして次の日は最悪の気分で朝を迎えます。起きた瞬間から前日のことを思い出して落ち込み、うつ病とも相まって一切動きたくなくなります。だからといって、ベッドの上で目を閉じていても、頭の中を駆け巡るのは、昨日の自分の不甲斐《ふがい》なさと月末に返済しなくてはいけない借金のことばかり。

そんな日のトレーニングはまったく捗《はかど》らず、半径五メートルを三～四時間ぐるぐる回っていたこともありました。

数ヶ月もすると、一つめの信号は直進できるようになりましたが、なかなかその先へ進めません。一日一メートルの前進を繰り返し、せっかく一〇日間かけて一〇メートル進んだのに、その次の日には、前日に行けたはずの一〇メートルが進めなくなり……。そうすると、またふりだしに戻ってきたような気持ちになりました。

それが何度も繰り返されると、前進した日でさえも、「せっかくここまで来れたのに、また明日来れなくなってしまうんじゃないか」と不安に感じていました。

「もうここには二度と来られないかも……」そう思うと、何かしないといられないような気持ちになり、車から降りて、道路に寝転んだり、石や土を舐《な》めたり、持ち帰ったり……。そのせいでいつもズボンのポケットにはジャラジャラと石が詰まっていました。当時の自分は無我夢中で、それがおかしなことだという意識すらありませんでした。

こんなこともありました。

暗闇に包まれた深夜三時、その日は、三日ぶりの車トレーニングでした。私は汗ばむ手でハンドルを強く握り締めながら、呟いていました。

「大丈夫、できる。今日はあの信号まで行ってみよう」

田舎に住んでいたので深夜に人と出会うことはほとんどありませんが、それでも、たまに向かってくる対向車とすれ違う瞬間は自分の心臓の音が大きくなり、家から少しずつ離れていく不安と戦いながら、信号を一つ、また一つと越えていきました。

「もう少し、もう少し」

「あと信号三つで新記録だ」

「よし、あと二つ」

「あと一つ」

……ついに、この数年で実家から一番遠いところまで行けました。

でも、当時の私はこう思ってしまったんです。

「ここまで来たんだから、もっと遠くまで行かなくちゃ」

しかし、最初に目標にしていた地点に来れたことで心の糸が切れてしまい、それ以上先には進めませんでした。

「なんでこれしか行けないんだ！」目標地点までたどり着くことができたのに、すでにもっと先へ進むことを考えていて、それができない自分に腹が立って仕方がなかったのです。

明け方、家に帰って布団に入ると、頭の中では同じ言葉がぐるぐると繰り返されます。

「自分はなんてダメなやつなんだ……」

そう自分を責めながら眠りについていました。

無力感からくる自己嫌悪。自己嫌悪による自信喪失。自信喪失のせいで自分の成果を認められなくなり、前進している感覚の乏しさからくる無力感……この負のスパイラルからなかなか抜け出せませんでした。

少しでもこの状況から抜け出すために、いろいろな工夫を重ねました。

今日はアロマの香りを嗅ぎながら、あの信号まで行くぞ。

今日はこの暗示法を自分に使って、あの信号まで行くぞ。

今日はわくわくすることを考えながら、あの信号まで行くぞ。

など、さまざまな方法を試していきました。

車トレーニングの開始から五年かけて、三二歳の頃には自宅から数百メートル離れたところまで行けるようになっていました。

ある日、稲盛和夫さんの『生き方』（サンマーク出版）という本を読みました。その本に書いてあった「福がもたらされたときにだけではなく、災《わざわ》いに遭遇したときもまた、ありがとうと感謝する」という言葉に感銘《かんめい》を受け、運転中にどんなことが起こっても「ありがとう」を語尾につけようと思いました。

「怖い、ありがとう」

「あ〜、対向車が多い、ありがとう」

「早く家に帰りたい、ありがとう」

そうやって、「ありがとう」を言い続けていたら、自宅から二キロくらい離れた距離にある、川の橋の上まですると行けてしまいました。

思わぬ成果に自分でも驚きながら車から降りると、気持ちいい風と上から照りつける太陽の光を感じました。そのときの季節は初夏で、時間は昼過ぎ、田舎なので橋の上からの見通しは良く、遠くには山も見えます。
青い空と、白い雲と、緑の山々。七年間いつも家の周りの同じ景色ばかり見ていた私には、この景色は心が震えるほどの絶景でした。ここまで来れた、という達成感と、きれいな景色を目の前にした喜びで、これまでにないくらいの解放感を感じました。

これまでの五年間、希望が見えない中でも、なんとか車トレーニングを続けてきました。それしか自分にできることはなかったから、信じるしかありませんでした。
しかし、この出来事のおかげで、自分のやっていることは間違っていないかもしれないという可能性が見えてきました。

たとえ希望が見えなくても、
諦めなければ、きっと光は見えてくる。

大切な人の死を超えて

時々私を励ましてくれたK社長は、日本人ではありません。

K社長が子どもの頃、一家で日本にやってきて、K社長のお父さんが努力して会社を興《おこ》し、K社長とともに大きな企業へと成長させたのです。K社長にとって、私の父はこの地に移り住んでからできた、初めての友人でした。K社長が大人になって、トラブルに巻き込まれたとき、私の父はK社長を信じ抜いたそうです。

そんな経緯もあり、K社長は時折、私の自宅を訪れてくれました。

小さい頃は、「大きな会社の社長さん」程度の認識でしかありませんでしたが、私の状況を察してくれた二〇代前半からは、私の中で大きな支えとなっていました。

そこからは、どんなに忙しくても年に数回会いに来てくれて、私を励ましてくれました。

心の奥底で希望の光が消えそうになり、もう死ぬしかないと首にロープをかけたときにも、「またK社長に会えるかもしれない」という思いが脳裏をよぎり、踏みとどまることができました。

私にとって命の恩人であるK社長急逝の知らせを受けたのは、車トレーニングに励んでいた三四歳の頃でした。

まさかの出来事でした。若くして倒れてしまったのです。

葬儀に出たくても、外出できない私は涙をのむしかありません。あれだけ私を支えてくれた恩人にお礼の一言も言えない自分が腹立たしく感じました。

その一年後に社葬が行われることを知ると、

「なんとしても参加して自分が変われた姿を見せたい。そして、ありがとうと言いたい」

と思い立ち、車トレーニングの目的が「外に出るため」から「K社長の社葬に出席するため」へと変わり、死ぬ気でトレーニングに取り組むようになりました。

すると、それまでは不安が大きくなると前に進めなくなっていましたが、不安が大きくなっても、それ以上に「前へ進むんだ！」という意思の力が勝《まさ》り、今までの限界を越えて前へ進むことができるようになりました。

「あと一メートルでいいから前へ進むんだ……。絶対にK社長の元へ行くんだ……」とトレーニングを重ねるにつれて、移動できる距離も少しずつ延びていきました。

K社長の社葬はT市で行われることになっていました。T市は私が初めてパニック発作を起こして行けなくなった場所です。自宅から会場までは車で三〇分の距離でしたが、まだ私はそれほどの距離を運転できる状態ではありませんでした。

それでも、何がなんでもK社長にお礼の一言が言いたい。そう思った私は、家と会場のちょうど中間付近にあるビジネスホテルに予約をし、前日にそのホテルまで移動して、翌朝もう半分の距離を移動しようと考えたのです。

アロマの香りを嗅いだり、お煎餅やするめを噛んで気を紛らわせながら休み休み前進し、なんとかホテルまでたどり着くことができました。自宅以外に泊まるのは十何年ぶりでした。家からこんなに長い間離れたのも一〇年ぶりでした。

数時間の短い眠りを挟んで、翌日の早朝にはチェックアウトを済ませました。もし車が運転できなくなっても、這いつくばってでも会場まで行くつもりでした。

「絶対、会うんだ」ともう一度気持ちを奮い立たせてホテルを出発しました。


そして、一年越しでようやくK社長と再会することができました。

ずっと会いたかったK社長の優しそうな写真が前方に大きく飾られているのを見たとき、悲しさと感謝が入り混じり、どうしようもなくなって、人目も憚《はばか》らず大泣きし続けました。

同時に、恩返しもできずに、ただ号泣することしかできない自分の不甲斐なさを感じていました。

「もうK社長に恩返しができない。K社長に恩返しができないのなら、せめてK社長のような存在に自分がなろう。人の役に立つ人になろう。K社長のように、誰かが必要としているときに、必要な言葉をかけられる人間になろう」

そう決意しました。

そしてこの瞬間、一〇年間の引きこもりに終止符を打ちました。


この頃、会社の借金も、ようやく返済の目途《めど》が立ち始めていました。

借金返済に駆け回るなかで、ひとつ気づいたことがありました。

それは、何人かの人が、苦しむ私を助けようとしてくれていたこと。それらの人々は、両親のおかげでつながっている人たちでした。

「ご両親にはお世話になったから……」と、私が困っているときに、救いの手を差し伸べてくれていました。

ひとりで苦労していると思い込んでいたけれど、本当はひとりではなかったのです。ただ、そのことに自分で気づこうとしていなかったのです。

人はたとえひとりでも、自分のことを気にかけてくれる人がいれば生きていけます。

自分ではひとりぼっちだと思っていても、気にかけてくれている人は必ずいる。

私はこのつらい日々を経て、そのことを身に沁みて実感しました。

こんな運命をたどってきた私だからできること。

その役割を精一杯まっとうすることが恩返しだと思っています。

現在九〇歳を過ぎても元気なK社長のお母さんは、いつも私の両手を握って、「あなたは、日本人の中で一番好きな人。一番気がかりな存在。夜、寝る前にいつも心配であなたを思い出す」

と言ってくれます。

K社長のお母さんは私に言います。

「どんなことがあっても、しっかり目を見開いて、上を向いて歩きなさい。人の役に立つ人間になりなさい。そして、もっと大きな視点で生きなさい。大きな視点で生きれば、今がどんなに恵まれているか気づくことができます。今からどう行動すべきかも見えてきます。どんなことがあっても未来を信じて、一生懸命に運命に仕えなさい」

たったひとりでも、自分のことを気にかけてくれる人がいれば、未来を信じられる。

自分の存在が、誰かの力になれるなら……

家から出られなかった当時、震える手で、調べた電話番号を一つずつ押していくけれど、最後の数字だけはどうしても押せずに受話器を置く——そんな動作を繰り返していました。

何度か繰り返した後、勇気を出して最後の数字を押すと、コール音が鳴ります。「はい、もしもし」と受話器越しにカウンセラーの声が聞こえるまで五秒くらいしかかからないのですが、私にはやけに長く感じた時間でした。

震える声で、緊張しながら、早口で自分のことを伝えていると、話の途中でカウンセラーが私の話を遮《さえぎ》るようにして言います。

「ああ、それはパニック障害ですね」

言われた瞬間に受話器を置いてしまいます。なんだか余計に人を信じられなくなるような、そんな体験をしました。

簡単に「〇〇症の症状ですね」と分析するカウンセラーの言葉が、安易に言っているように思えて、また、共感の言葉を並べるカウンセラーの態度が教科書通りな感じがして、自分のことを理解してくれそうとはまったく思えず、ただただ不信感を募らせていきました。

そんな苦い経験が私にはたくさんありました。


外に出られるようになった二年後、三七歳くらいの頃に、私と同じような経験をした人がたくさんいるのではないか、との思いがあって、とあるＳＮＳの自分のプロフィール欄に、「パニック障害」だった過去と「カウンセリングやります」という言葉を入れてみました。

すると翌日「お話を聞いてください」とパニック障害に悩む二〇代の女性からメッセージが届いていました。これが初めてのカウンセリングとなりました。

その初めてのカウンセリングは今でもよく覚えています。

電話を通して、彼女の話を一生懸命聴くように努めました。

「私、怖くてレジに並べません」

という彼女の告白に、

「分かる、それつらいよね」

と言ったとき、彼女は急に泣き出して、

「初めて理解してくれる先生に出会いました」

と言ってくれました。

そのときに「確かに、家を出られなかった当時、自分もそのセリフを言ってほしかった」と思いました。それからも続々とＳＮＳのプロフィールを見た全国の人たちから、相談のメッセージが届きました。

カウンセリングをするにつれて「自分にしかできないことがある」という思いが確固たるものになっていきました。

K社長の葬儀で「人の役に立つ人になろう」と決意していた私は、その思いを体現するため、二四時間三六五日、とことんカウンセリングをやってみようと思いました。自分の命と引き換えにやっても悔いはないという強烈な思いです。それから一〇年以上、そのスタンスを変えずに一生懸命に関わっていると、口コミや紹介が広がっていきました。

朝から晩まで、移動の合間のタクシーでもカウンセリングをしていて、毎日一〇件ほどのカウンセリングをしていたこともあり、気がつくと臨床数は一万例を超えていました。

それでも一時期は四〇〇名もの方に半年先まで予約待ちをさせてしまいました。「今、助けを求めている人」や「今、生きるか死ぬかの瀬戸際《せとぎわ》にいる人」を半年間も待たせるわけにはいかないのに……。自分ひとりで活動する限界を痛感しました。

でも、今は「人は信用できない。頼りになるのは自分だけ」と思っていた過去の自分ではありません。

私が外に出られなくなったときに苦しみを和らげてくれた、カウンセリングやセラピーなどの心理療法を、安心して受けたり学べたりできる場所を全国で増やすために、協会を立ち上げ、多数の講師を輩出してきました。

本当に実戦で活躍できるカウンセラーやコーチ、セラピストなどの対人援助者を増やすために「起業塾」を主宰しています。本物のリーダーを育てるために「経営塾」もやろうと思っています。

私はカウンセラーという肩書きにこだわってはいません。

私の使命は「生きる喜びを見出すお手伝い」だと思っています。それができるのであれば、カウンセラーだろうが、アルバイトだろうがなんでもいいと思っています。

私がクライアントと向き合うときには、「どうすればクライアントに、心の底から、生きていてよかったと感じてもらえるか」をいつも考えています。

知らないうちに自分をしばっていた「こうあるべき」を手放し、いつの間にか蓋をしていた「本当にやりたいこと」「本当の気持ち」に出会うためのお手伝いをすること。そのために、その人に合った関わり方と言葉がけをし続ける。それが中島輝の仕事だと思っています。

だから私は、相手の怒りを呼び起こすために大声で怒鳴ることもあります。相手の恐怖を呼び起こすために、物を投げることもあります。必要だと思えば、家族を超えて親戚中を巻き込むし、お弁当だって毎日作ります。

カウンセラーとしては逸脱《いつだつ》しているかもしれません。でも、限りある命を使って、自分の「ありがとう」をこの世界に全力で伝えていけたらと思っています。

大切なのは、自分の「本当の気持ち」と向き合い、「本当の自分」に出会うこと。

そのままの自分で

私の人生は、思い通りにいかないことの連続でした。

五歳で里親を失って、人を信じることができなくなり、数々の神経症に悩まされ、高校受験も海外留学も大学受験も就職活動もうまくいかず、パチンコに依存する日々。

やがて電車にすら乗れなくなり、一人で生きていくこともできなくなり、あれだけ拒んでいた実家に戻って家業を手伝うことになりました。

思い通りにいかない現実に対して、怒りを抱えて生きていました。

どうなるか分からない未来に対して、不安を抱えて生きていました。

「こうなったのは全部親のせいだ」と殺す計画を立てるほどに両親を憎みました。
死にたくなったことは何度もありました。
何度ロープを首にかけたことだろう。
何度カッターを手首に当てたことだろう。

これまでの私の生き方ではどうにもならなくなり、落ちるところまで落ちた私は「どうせこのまま死んでいくなら、今、やれるだけのことをやって死んでいこう」と吹っ切ることができました。
「思い通りにいかない現実」を受け入れたことで、私の人生は再起動し始めました。

少しでも自分の経験が役に立てば、との思いから始めたカウンセリングは、クライアントさんが口コミで集まって、四〇〇名以上の予約待ちになったこともありました。

全国にカウンセリングやセラピーができる講師を増やそうと思って協会を立ち上げると、連日、多くの人が研修・講演を受けてくれて、彼らを育成しながら現在にいたることができました。出版の機会に恵まれたり、海外からの講演依頼など、思いがけない幸運がどんどんやってくるようになりました。

それまでのもがいていた日々がうそのように、物事がうまく回り始めたのです。

どうしてずっと続いていた悪循環が好循環に変わっていったのか――、そう考えたとき、あるときを境に明らかに自分の中で変わったことがあります。

それは、

「ご縁を大切にしつつ、すべての出来事は必然だと捉え、現実を受け入れて、流れのままに生きる」

ようになったことです。

かつての私は「自分の思い通りになる人生」を望んでいました。

「こうあるべきだ」「こうじゃなきゃダメなんだ」「絶対にこうしたい」……思い通りにならない現実を受け入れられず、抵抗しようとすればするほど、そうはならない現実に、怒りや憎しみを抱えて生きていました。

今から考えれば、「自分の思い通りにいかない」のは当たり前で、「思うようにいってほしい」と周囲に怒りや不満を抱えるなんて、傲慢《ごうまん》であるにもかかわらず……。

しかし、「K社長の社葬」に参加できたとき、私はK社長に恩返しがしたい、と心の底から思いました。でも、K社長はもうこの世にはいません。

「ならばせめて、K社長が眠るこの宇宙に恩返しをするんだ」

と決めて、ご縁があって、出会った方々に、自分ができることを精一杯やるように努めてきました。

「自分でご縁を選ぶ」のではなく「ご縁を大切にしよう」。そうするようになってからは、「自分の思い通り」になるかどうかはどうでもよくなりました。重要なのは

「どれだけ目の前のご縁を大切にできるか」で、あとは「おまかせで生きよう」と思えるようになりました。「こうあるべきだ」という考えを手放したのです。

「おまかせで生きる」とは、

「足りないものを埋めようとせず、戦おうともせず、そのままの自分でできることを、できる範囲でがんばろう」

ということです。

自分とまったく同じ人生を生きている人は誰ひとりとしていません。そして今、目の前にいる人と関わっているのも、他ならぬ自分です。

自分に足りない部分はあるかもしれない。でも今、この瞬間、この場所に存在している自分にしかできないことがきっとあるはず。それを大切にして生きていこうと思ったのです。

そうやってがんばり方が変わったら、「自分は何者なのか？　自分の人生になんの意味があるのか？」という、小さい頃からずっと探していた問いの答えを見つける必要もなくなりました。

「おまかせで生きる」ようになると、今まで自分が避けてきた「やりたくないこと」や、「できるかどうか分からないこと」にもチャレンジするようになりました。そうすると、予想外の気づきが得られ、どんどん経験の幅が増えていきました。

かつての私は「今ではない」「自分には必要ない」など、自分で物事を判断していたため、いつまで経っても自分の新たな可能性に出会えずにいたのでした。

そうやって、いろいろなことを「やってみよう！」と経験していくうちに、いろんな視点から物事を見られるようになっていきました。すると、「長く苦しかった人生」だったけれど、その体験があるおかげで「当たり前のことなんて何一つとしてない」ということを実感できるようになりました。

外に出ることも、電車に乗ることも、生きていることも、全部当たり前じゃない――そう実感できるから、一つひとつの出来事や、一人ひとりとの出会いに「感謝の念」が湧いてきます。小さな日常も幸せな心で満ち足りています。なんのために生きているのかわからないような日々があったからこそ、今は私に生まれてよかったと心から思えます。

私はいつも未来に不安や心配を抱えていました。あまりの不安に泡を吹いて倒れたことが何度もあります。焦ったり、イライラしたり、「今」という瞬間を大事にしてこなかったように思います。

未来は、今という原因によって生まれます。

今この瞬間に輝いて生きることができれば、輝く未来は必ずやってくる。

「今、出会ったご縁をどれだけ大切にできているだろう？」

「今、起こった出来事にどれだけ感謝できているだろう？」

私が考えるべきなのはただそれだけで、あとはおまかせで生きる。

だから、やることはシンプルです。「人の役に立つ人になりたい」という思いが私の生き方を変えてくれたのです。そうすると、他人と比べる必要もまったくなくなりました。

みなさんが子どもの頃、親によく言われていた言葉はありますか？

私は、両親から「もう一度会いたいと思われるような愛される人間になりなさい」と言われ続けてきました。子どもの頃はその理由が分かりませんでしたが、今なら痛いほど理解できます。

私は、K社長、Sくんなど、たくさんの人の支えがあって生きることができました。これらの人たちは、両親のつながりのおかげで出会った人たちです。両親がご愛顧されるように生きてきたからこそ、生まれたご縁だと気がついたのは三五歳を過ぎてからでした。


父と母は、いつも人生に目標を持って、一生懸命に生きていました。

心を込めて「ありがとうございます」と言い続けてきました。

お客様や従業員さん、社会的に立場の弱い人など、とにかく人のために尽くしてきました。

子どもの頃に両親と過ごす時間はほとんどなかったけれど、私がご縁に感謝しようと思えば思うほど、両親からのたくさんの愛情に気づくことができるようになりました。大人になってから役に立つことは、全部背中で見せてもらっていたのです。

あれほど憎んでいた両親ですが、今では感謝の思いでいっぱいです。

人は一人では生きていけません。一人で生きていこうとすると、視野が狭まり、過去の私のように「思い込み」を抱えたまま生きてしまいます。

「思い込み」を手放せば、自由になれます。そうすれば、「本当の気持ち」や「やりたいこと」が見えてくるはずです。

「やりたいこと」は「やりがい」となって人生を輝かせてくれます。私の人生はつらく苦しいことも多かったけれど、少しも無駄だったとは思いません。私にたくさんのことを教えてくれたからです。

みなさんの人生も、きっと大丈夫。どうかご自身を許し、解放してあげてください。「本当の自分」との出会いが、素晴らしい人生を連れてきてくれるはずです。

「思い通りにいかない現実」を受け入れたら、人生が再起動し始めました。

〈著者略歴〉
中島　輝（なかしま　てる）
心理カウンセラー/国際コミュニティセラピスト協会設立/起業塾「THE DIAMOND」主宰
５歳で里親の夜逃げという喪失体験をし、小学４年生のころから双極性障害（躁うつ病）、パニック障害、統合失調症、強迫性障害、不安神経症、認知症、過呼吸、潰瘍性大腸炎、円形脱毛症、斜視に苦しむ。25歳で背負った巨額の借金がきっかけでパニック障害と過呼吸発作が悪化し、10年間実家に引きこもる。自殺未遂を繰り返すような困難な精神状況の中、独学で習得した心理学やセラピーを自らに実践し、35歳で克服。その後、10,000名を超すカウンセリングを行い、95%が回復。
著書に、『エマソン 自分を信じ抜く100の言葉』（朝日新聞出版）、『トラウマが99%消える本』（すばる舎）や、amazon電子書籍部門総合1位獲得の『堂々と逃げる技術』（学研プラス）等がある。
中島輝サイト　teru-nakashima.com

装丁――神長文夫+坂入由美子
装丁写真――©IDC/a.collectionRF/amanaimages、鶴田孝介（著者近影）

協力――山田和男（東北医科薬科大学病院精神科病院教授）

＊本書は、著者本人の体験談をエッセイとしてまとめたものです。個人の経験に基づく感想を記したものであり、治療法ではありません。

大丈夫。そのつらい日々も光になる。

2017年11月１日　第１版第１刷発行
2017年11月27日　第１版第２刷発行

著　者　中島　輝
発行者　後藤淳一
発行所　株式会社ＰＨＰ研究所
東京本部　〒135-8137　江東区豊洲5-6-52
ＣＶＳ制作部　☎03-3520-9658（編集）
普及部　☎03-3520-9630（販売）
京都本部　〒601-8411　京都市南区西九条北ノ内町11
PHP INTERFACE　https://www.php.co.jp/

組　版　朝日メディアインターナショナル株式会社
印刷所　大日本印刷株式会社
製本所　東京美術紙工協業組合

ISBN978-4-569-83699-7